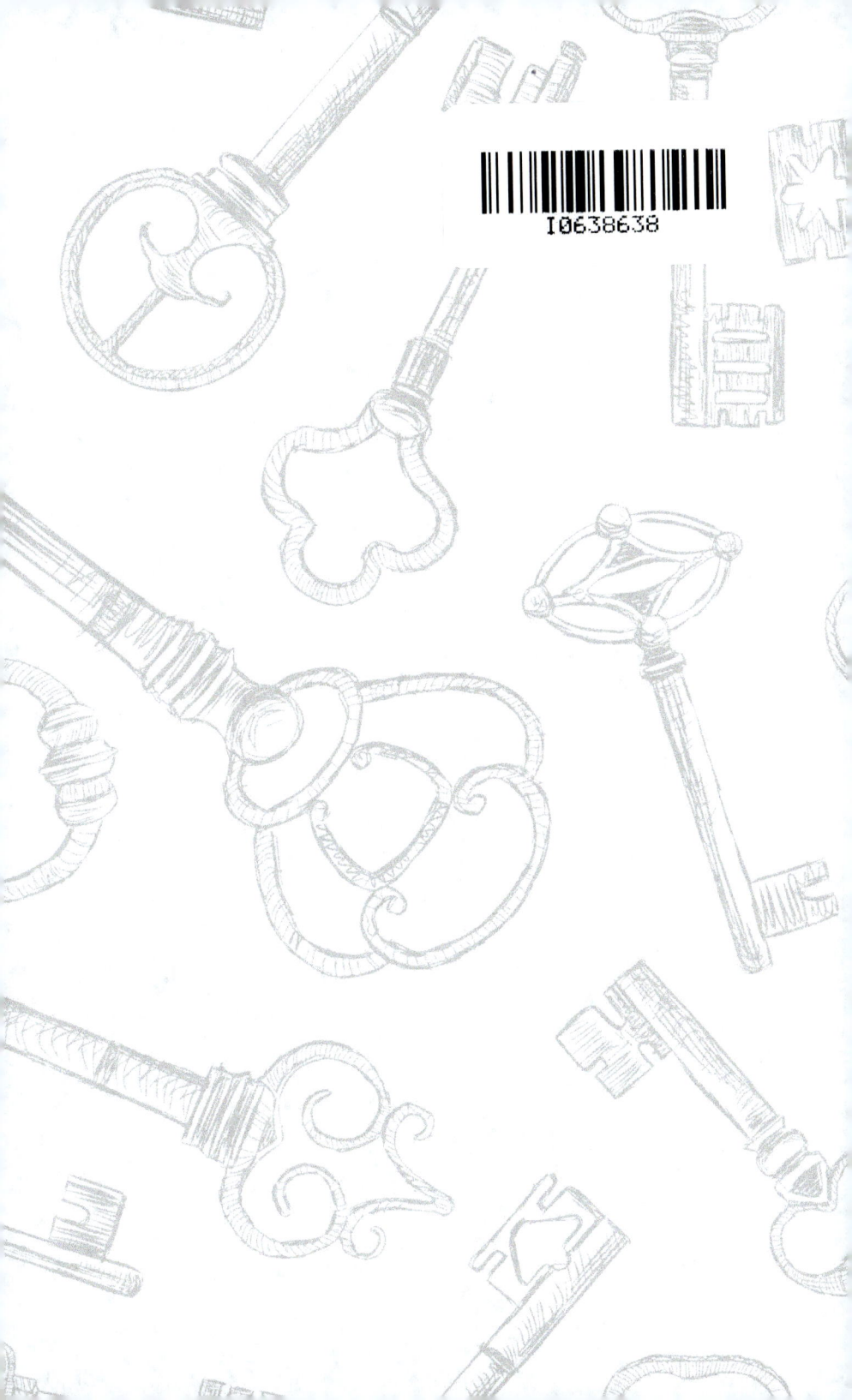

I0638638

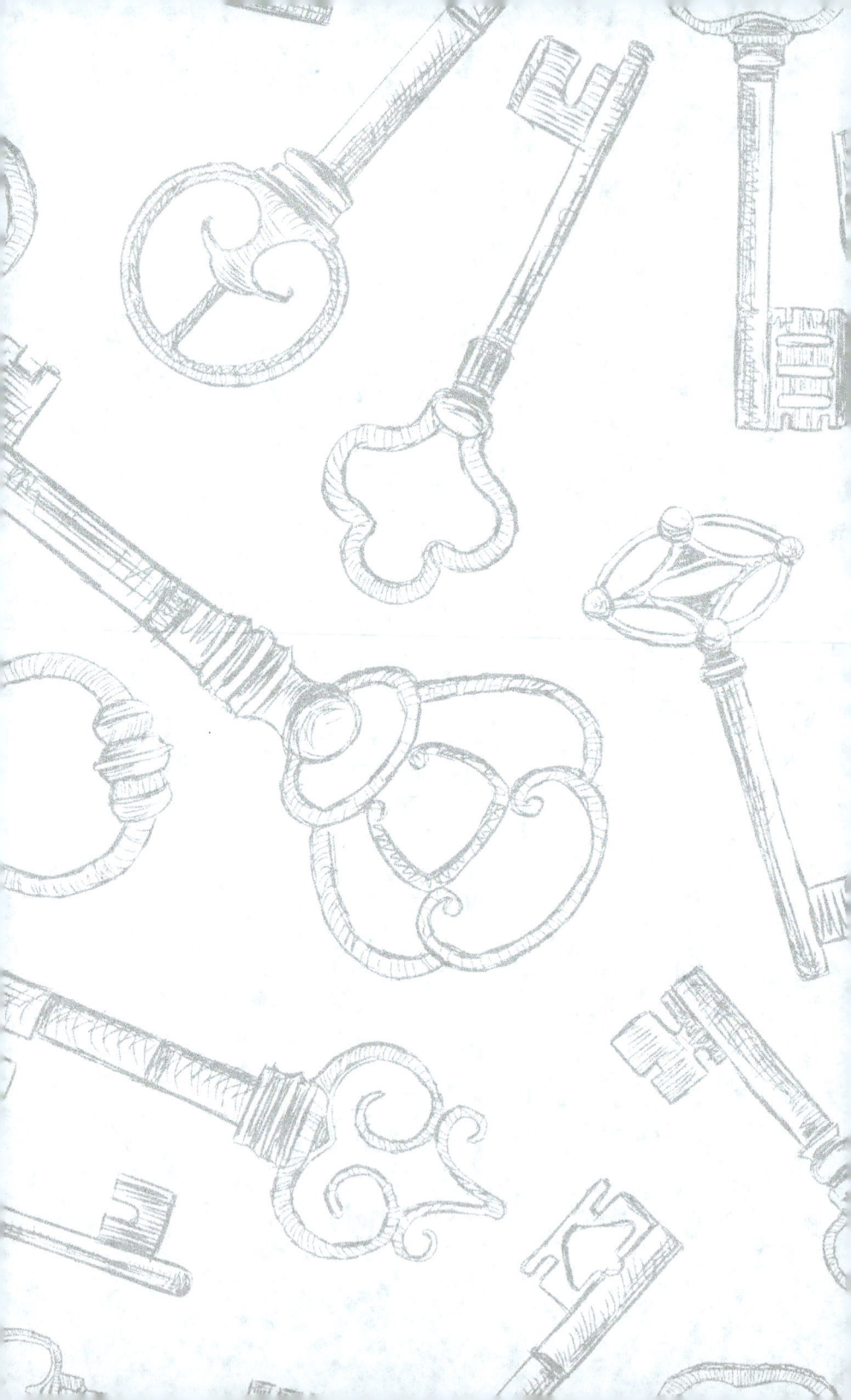

PUERTAS
entreabiertas

COLECCIÓN DE CUENTOS CORTOS

PUERTAS
entreabiertas

COLECCIÓN DE CUENTOS CORTOS

HOLA PUBLISHING INTERNACIONAL

Copyright © 2025 Hola Publishing Internacional. Todos los derechos reservados.

Queda prohibida la reproducción, almacenamiento o transmisión de cualquier parte de esta publicación en cualquier forma o por cualquier medio sin el permiso expreso de Hola Publishing Internacional.

Las opiniones expresadas en este libro son exclusivamente del autor y no representan necesariamente las políticas o la posición oficial de Hola Publishing Internacional.

En la creación de este texto no se utilizó ninguna forma de inteligencia artificial generativa. El autor prohíbe expresamente el uso de esta obra para entrenar tecnologías de IA con el fin de crear otras obras, incluyendo, pero no limitado a, aquellas capaces de generar contenidos de estilo o género similar.

Hola Publishing Internacional
Eugenio Sue 79, int. 4, Col. Polanco
Miguel Hidalgo, C.P. 11550
Ciudad de México, México

Primera edición, mayo 2025
ISBN: 978-1-63765-780-5

Los contenidos de este libro se ofrecen únicamente con fines informativos. Todos los nombres, personajes, negocios, lugares, eventos e incidentes son ficticios. Cualquier semejanza con personas reales, vivas o fallecidas, o con eventos reales, es pura coincidencia.

Hola Publishing Internacional es una editorial híbrida comprometida a ayudar a autores de todo tipo a alcanzar sus metas de publicación, ofreciendo una amplia variedad de servicios. No publicamos contenido que sea política, religiosa o socialmente irrespetuoso, ni material sexualmente explícito. Si estás interesado en publicar un libro, visita www.holapublishing.com para más detalles.

ÍNDICE

Nuestras voces

La casita

Camila del Águila

Así como la había traído, Rafael también se la podía llevar. Por eso decidió sitiarla en el descampado donde no le estorbaría a nadie. Aunque también significaba que la familia se le moriría de hambre, amurallada de hierba seca e incomunicada con el mundo, sobre todo ahora que venían las lluvias y ella tenía que encerrarse en su cuarto a ver el campo húmedo desde adentro. Pero era mejor que ver a Rafael pisar otra vez un mueble con el pie descalzo y hacer otra escenita. De eso ella no podía hacer nada. Así es la vida, a veces los muebles acaban fuera de la casa porque alguno avienta la silla en señal de protesta. La gente vive como puede.

Todavía se acordaba de la tarde soleada en la que Rafael, que ya se la tenía prometida, le había llevado la casita. Rafael debía tener unos veinte años, tal vez poquito más. Ni bien le había quitado el plástico de encima, se echó de panza al suelo junto a ella a acomodarle los muebles. Quería enseñarle a jugar, pero ella primero quiso preguntarle por qué el desorden de las cosas.

Primero que nada, era claro que el techo había sufrido daños y alguno lo había taponeado con un pedazo de lámina. ¿Y las goteras?, ¿qué iba a hacer cuando vinieran las lluvias?

Luego estaban los colores discordantes, por fuera toda la casa era del color de un huevo, de madera, bien construida, bonita, incluso tenía un porche donde ella tenía pensado poner la mecedora, pero por adentro cada pared era de un color distinto. Por último, las bisagras de las puertas estaban al revés. Y por qué quería poner la mecedora en el techo y el juego de té en el cuarto de lavado. El set de muebles de jardín en la alacena, los platos en el suelo, la silla con una pata en la maceta y la cama en la habitación. No, a ella no le parecía y se lo dijo bien claro.

Rafael se lo pensó un momento. En ese entonces no tendía mucho a la cólera y los abuelos lo estaban mirando. Bueno, se haría como ella quisiera. Pero incluso entonces Rafael ya tenía los ojos de espuma, se vestía un poco raro y nunca lavaba su gabardina. Y qué. A ella le llevaba juguetes y le cumplía las promesas y con eso le bastaba. Aunque los abuelos no se la habían dicho, sabía que era su papá. O por lo menos lo imaginaba, lo esperaba. A pesar de los chinos enredados y el olor a moho, lo quería.

Entonces, en honor a él, el primer habitante fue Papá.

De entre las figuritas que le había traído, ella escogió a las verdaderas. Nada de hormigas gigantes o patos de porcelana. Nada de superhéroes o espías. De entre brujas, princesas, santitos y enanos, escogió a la gente. Una familia.

Todo empezó con la fidelidad a la vida. Con los abuelos sentados en el sillón, ella fue quien le enseñó a jugar a Rafael. Había que jugar a comer, jugar a platicar, jugar a dormir, jugar a hacer la cama, jugar a jugar, jugar a dar un portazo y salir enfadadísimo, jugar a aventar una silla por la puerta desde adentro y emberrinchado, jugar a llorar en la mesa, en silencio, jugar a no ver que hay uno que llora en la mesa, en silencio, jugar a reírse. La comida se servía a las tres y tenía siempre cinco tiempos. Las luces se apagaban a las ocho y la puerta se cerraba a las nueve, no importaba quién se quedara fuera. La televisión podía verse sólo los fines de semana y en familia.

Pasada ya la hora en que Rafael salió de la casa de los abuelos enfundado en su gabardina, ella se quedó armando la casita hasta la madrugada y en ningún momento dejó de sentir los ojos de Rafael mirándola por la ventana, desde afuera, escondido entre la hierba seca.

Ese verano no llovió y el mar estuvo suavecito.

La niña no había nacido ahí, pero para fines prácticos era como si hubiera. Fue la primera habitante del pueblo, uno de esos pueblos que se construyen de golpe y con la promesa de ir creciendo poco a poco. Estaba hecho de una casa, la suya, el sembradío de trigo y el mar. Todo lo demás llegaba caminando y se regresaba caminando y nunca se quedaba a descansar.

Para llegar había que cruzar un bosquecillo tupido hasta la planicie por el camino que daba directamente a la puerta de la casa. Detrás estaba el trigo y todavía más allá estaba el mar. Aunque para los extranjeros que llegaban a vender sus guisos era como si no estuviera, solo el ondular sedoso de una manta amarilla, verde, daba cuenta de un más allá, un ondular con menos piedad que no se detenía para nadie y se le metía a la niña en el cabello cuando salía tras las faldas de su abuela a pagarle el pan al adolescente de rodillas brutas que dejaba su bicicleta en el límite del bosque para venirles a vender bolillos.

Vivían en el linde de la ruptura de una tierra con ganas de ser más grande, de estar completa. Y solo ellos, los abuelos y la niña, sabían cómo se sentía estar al borde del precipicio. Habían visto cómo picaba el mar en las rocas de abajo sin desear juntar las rupturas de su tierra con otras: vivían bien, vivían como podían en una casa roja de techo blanco, dos pisos, sin porche, un jardín, dos cuartos, tres personas. Sin contar a Rafael, que nunca dormía adentro.

Los abuelos no sabían de dónde había venido ni a dónde iba cuando cruzaba su puerta; la niña lo había conocido toda su vida. Rafael vendía collares de concha en una playa. Un día tocó la puerta de la casa roja, ofreció collares, y terminó arreglando una gotera del techo. Y así se fueron dando las cosas: Rafael entró, arregló la llave del agua, resanó las puertas, movió muebles, y de repente su gabardina había quedado en el perchero mientras tomaba té con los abuelos y la niña lloraba en la cuna.

Tieso, miraba la cuna de reojo, negándose a descansar el plato en la mesa y la taza en el plato. No importaba cuán pequeños, cada uno de sus movimientos sonaba al caer de la arena.

Sí, se fueron dando las cosas: los abuelos le ofrecieron cargar a la niña y Rafael la miró por primera vez con los ojos inconstantes donde ya se adivinaban burbujas y la suciedad amarillenta de la flora marina. Ya después le regaló la casita, que no se parecía ni un poco a la casa roja de los abuelos, aunque por mala suerte, como acotó la niña ya cuando la casita estaba bien asentada en medio del tapete de la sala, la familia también vivía junto al mar.

A la abuela no le gustó desde el principio. La casita tenía algo insidioso, como un cangrejo, y la familia algo de insistente. Los muñequitos estaban por todos lados menos adentro de la casa, se los encontraba en el lavabo, en la tina, en la lavadora. La vida, por lo pequeño de las aberturas hacia adentro de cada cuarto y por lo grande de las manos de la niña, tenía que hacerse en el tapete de la sala, afuera pretendiendo que era adentro, y la abuela se tenía que enterar de todo lo que en la casita acontecía, no porque prestara atención a los parloteos de la niña con sus muñecos, sino porque las escenas se quedaban congeladas en cuanto la niña tenía que hacer pis, o se la antojaba una galleta o tocaba el timbre el niño de los bolillos.

La primera madrugada de lo que la niña llamó la mudanza se convirtió en día y la abuela bajó las escaleras de su propia casa para encontrar a la niña dormida en el suelo, la casita pulcra y los habitantes de la casita viendo hacia afuera de sí y hacia adentro de ella, de su casa roja, como montando una obra de teatro. Si la mamá fregaba los pisos, miraba hacia a la audiencia; si el niño hacía berrinche en el suelo, miraba hacia la audiencia; si el papá daba un manotazo en la mesa… a eso jugaba la niña y se reía y se reía y se reía porque los muñecos eran pésimos actores y aquella era una pésima obra.

La hija mayor, un plástico amorfo metido en un vestido rosa, se sentaba en el suelo de la cocina a llorar cuando se le caía el plato o el vaso. Que era muy seguido. La niña nunca hubiera actuado así, pero la entendía. La levantaba y la daba un beso que le comía toda la frente porque sabía que la madre, la única muñequita con varios sets de ropa, no iba a hacerlo. Y luego la dejaba ser, irse al comedor con los ojos mojados y engullir los cinco tiempos de la comida.

Ella había enfrentado situaciones más graves que el cristal quebrado de un vaso. Se sentía valiente cuando pensaba que ella, a diferencia de la hija mayor, no lloraba. Como cuando en las noches se sentía flotar sobre su cama y no podía atarse a ningún lado, ni al sueño ni a la vida, y sentía que un hombre se sentaba sobre su propia presencia en su silla de madera y la miraba. Entre una cosa y otra, como el borde siempre móvil entre el mar y la arena, la insignificante orilla entre los absolutos, ella se bamboleaba cubierta con su colchón. Temerosa de volver a la vida y tener que enfrentar al hombre y negada a dejarse agarrar por el sueño y dejarlo insupervisado, a veces tenía que dar un grito para que la abuela fuera a rescatarla, pero no lloraba. Se enojaba con la abuela, con el abuelo, con la casa, con el cuarto, con la silla, con la colcha, con el mar, pero no lloraba.

La última vez, antes de que llegara la casita, el abuelo también se despertó por el grito y fue a reclamarle su miedo. Ella le espetó que si la oscuridad fuera tan oscura como para no poder verla, no tendría por qué tener miedo porque no sabría ni a qué temerle. Como si fuera culpa del abuelo. Y en parte lo era: las cortinas de su cuarto estaban raídas y por los hoyitos diminutos alcanzaban a entrar los pocos reflejos de la luna en el mar.

En la casita nadie sufría de insomnio. Quizá por eso el abuelo le había pedido a Rafael que se la regalara. O eso pensaba la niña, pues no podía imaginar el vendedor de collares con una ocurrencia tal como regalarle una casita hecha. A Rafael le gustaba regalar otro tipo de juguetes, más primitivos, cosas que ella misma tenía que transformar en la mente. Por eso le gustaba la casita, porque era lo que era, completamente leal a su desorden, a los roces de la familia, a la naturalidad de montar la vida afuera y verla acontecer. La casita le curó todo a la niña, incluido el insomnio. Desaprendió a transformar los objetos en la oscuridad alumbrada porque ella, su cuarto, la casita, la casa, la silla, Rafael, todo era lo que era.

Ya había pasado más de un mes y anticipando la visita de Rafael se sentó con la abuela a coser cortinitas de encaje. Puramente decorativas, pues detrás iban a tener otra tela que no iba a dejar entrar la luz. Ella quería asegurarle esto a Rafael, que dentro de la casa, a la hora de dormir, todo estaría oscuro y nadie podría asomarse dentro porque no alcanzaría a ver nada y así ni desde afuera ni desde adentro se asomaría ningún peligro.

Visible, así se imaginó que le contestaría Rafael, ningún peligro visible. Pero él qué sabía de familias.

Pasaron tres meses antes de que Rafael volviera a visitarlos. Para ese entonces ya casi no había cortinas que presumir. Ella le contó, echada en el suelo boca arriba, con los dos pies sobre el techo de la casita, que había sido el hermano mayor, un hermano secreto, hijo solamente del padre y que hace unos días había tocado la puerta de la casita y pedido refugio porque la marea alta le había molido su cabaña, que había sido el hermano mayor el que las había desmantelado, primero las del segundo piso y luego las de la planta baja. Porque algo tenía en la cabeza, un desasosiego, así le dijo ella a Rafael y él volteó a ver a los abuelos con la cara blanca de susto. Ese día en especial iba muy sensible, bien peinado, con pantalones nuevos y un moño como de vampiro que, aunque roído, estaba bien lavado.

Ah, y dónde lo conseguiste, al hermano secreto, digo, le preguntó a la niña. Ella se puso de pie de un brinco, se acomodó la falda y se fue sin mirarlo, haciendo puchero. Se le olvidó el par de zapatos rojos, pero no la casita. Subió las escaleras dando pisotones inútiles.

Lo encontró en la playa, aclaró el abuelo cuando oyó el azotón de la puerta de su cuarto.

Ah, como mi moño nuevo. Y Rafael le dio otro sorbo a su té, sentado muy derechito entre los abuelos. ¡Hay que ver qué cosas trae el mar!

La sala se llenó de su olor a humedad y desde entonces la casita se quedó arriba, en el cuarto de la niña.

Era como si las arañas fueran brutales y pudieran hablar solamente de cosas así, brutales, tajantes. La abuela abría la puerta del cuarto de la niña y los susurros se detenían.

Qué haces.

La mamá se rompió una costilla. Creemos. Estaba sobre la escalerita portátil, tratando de limpiar arriba del refri. Creemos. Pero no quiere ir al hospital, que está bien así, que las costillas se arreglan solas.

La niña estaba tirada en el suelo y frente a ella la escena era dolorosamente clara: la mamá, con su delantal, tirada en el suelo junto a dos bloques que le habían servido de escalera; en lugar de refrigerador un hoyo para que el refrigerador lo ocupara; el hermano secreto sentado junto a la madre, el resto de la familia en círculo, el papá agobiado, el bebé sobre la mesa, la discusión.

Ah.

Puerta cerrada y cargaban de nuevo los susurros de patitas de araña.

Era inevitable tener tantos insectos cuando se vivía junto al mar. Además, se venía una tormenta de la buenas, quizás el mar estaba más agitado que de costumbre y parecía que decía las cosas que sabía. Sí, cuando era niña, la abuela alguna vez escuchó las palabras del mar y sonaban así, a que el mundo era brutal y estaba partido. Debía de ser eso, y entonces la abuela volvió a lo suyo, prendió le tele, se puso a tejer. Esto pasaba a menudo.

Para la niña lo de la mamá era una pena, pues estaba planeando un espectáculo. Invitaría a Rafael y a los abuelos y a las doce en punto la familia montaría un show en la sala, un acto chiquito, un acto de medianoche.

La niña se encargó de los volantes y la familia de los ensayos. La mamá iba a actuar con la costilla rota.

Y a la abuela se le ocurrió que este era el momento perfecto para silenciar a la casita. Los susurros más violentos son los que se encierran hasta morirse de hambre, hasta alimentarse de sí mismos para multiplicarse, esto lo sabía la abuela, pero si la casita estaba abajo, en la sala, el sonido de la familia se iba a perder en el rugido del mar.

La niña aceptó dar el evento en la sala con el tapetito sobre el tapete y a las doce de la noche la obra empezó. Rafael se rehusó a quitarse la gabardina, pero obedeció cuando la abuela le pidió que se quitara los zapatos, pues los traía llenos de grumos de arena; no llevó su moño, no se lavó el cabello y no aceptó ni una bebida. La abuela se dedicó a ofrecer cacahuates y el abuelo miró todo sin las gafas. Frente a ellos la niña narraba, dialogaba, guardaba silencio, sugería, y los muñecos se veían chiquititos desde la audiencia y la casita endeble y las piernas de la niña largas y el mar, en el fondo de la ventana, se levantaba. Todo el acto se desarrolló dentro de la casita y terminó con una escena que a Rafael le pareció francamente desgarradora: el papá gritaba a la hija menor con el bebé en brazos, "Ya viene, ya viene, ya viene, ya viene. Deténganlo, aprésenlo. Ya viene".

Rafael se levantó del sillón y explotó en aplausos: no se supo si adoraba al juego o si adoraba a la niña. La niña dio las mercidas gracias con tres dobladas de torso y la familia, en vez de hacer lo propio, se quedó inmóvil, de pie, esperando.

El abuelo, con la mente y la vista en las gafas que no estaba usando, atorado entre el sueño y la vigilia, vio a la familia como a las manzanas de una naturaleza muerta, manteniendo la misma pose hasta pudrirse.

Fue entonces cuando Rafael, pies descalzos y a medio aplauso, pisó la silla preferido de Papá, que había quedado en el suelo no por un acto de la obra sino por el paso de la vida. Llevaba ahí quién sabría cuánto y la cólera de Rafael se la encontró.

Viéndolo, la niña recordó que esto ya había pasado, quizá dentro de la casita, con el papá, la mamá, el hermano secreto, o alguna noche mientras los abuelos creían que dormía y Rafael visitaba todavía con los collares de concha en mano: los gritos, las lágrimas, palabras apenas atrapadas por sus manos todavía de niña que se construían ahí, en su final, en la crueldad del sinsentido. Y la espuma que le supuraba a Rafael de todos lados cuando se enfurecía. Esto también había sido ensayado y la historia de la casita acabó así, con la fidelidad a la vida. La casita no era más que una secuela, lo que quedaba de la vida después de haberla atravesado.

Leyó la cara de Rafael y decidió: los abandonaré. Si esta había sido la reacción por una silla, qué pasaría cuando fuese Papá el objeto en el suelo, o la casita entera encontrada en un tropezón, o la vida misma, la adolescencia, el fin del juego. Esto segundo la niña no lo pensó claro, se le ocurrió como un rugido lejano en el mar de medianoche, un susurro, una espuma. Los abandonaré. Y en los meses que transcurrieron entre la cólera de Rafael y el abandono de la niña, la niña durmió con la casita en el cuarto para cuidarla de su furia, y tuvo insomnio, y lloró, y sintió los ojos de Rafael acechándola desde afuera y desde adentro. Decidió que ya no sería más su papá.

Desde entonces la niña empezó a crecer, propulsada por el coraje de querer quedarse chiquita. Se le alargaron más las piernas y se la acortó el torso. Le salieron dos escamas por pechos y se negó a cortarse el cabello. Cumplió la edad que creía que tenía Rafael desde que lo conocía, pues él no había cambiado ni un poco, y un día, a manera de disculpa después de otra de sus tantas escenitas de violencia, Rafael envió a la casa roja una canasta de frutas que apestaba a moho. Manzanas, peras, duraznos... la niña lo sintió como una amenaza. Recordó que todavía se acordaba de la tarde soleada en la que Rafael le había llevado la casita.

Recordó también la gabardina de Rafael en la tormenta, su figura encapuchada levantando la casita del descampado en donde la había dejado protegida por la hierba seca. Había tenido que tapiar las ventanas y las puertas con tablitas de madera para que la familia aguantara la tormenta, y ya no pudo mirar más hacia adentro.

UN DÍA
COMO UNA FLOR

RENATO BETTIO

¿Cuántos días hay desde el *entonces* hasta la primera aparición de mi color, forma y aroma, hasta el desvanecer, y para siempre, de mi fortuna de haber sido? ¿Cuántas veces podré contar los momentos proveídos a los que quisieron admirarme, lucirme, llevarme con excitación a una cita; con lamentos al final de los días de un ser que fue querido; con esperanza a la celebración de un compromiso para que durase para siempre; con infinita alegría y admiración al entregarme a las manos del artista que esfumó con su concierto infinidad de pesares?

Me acuerdo de los días ocurridos en las vidas de José Gerardo y de su prometida, Lorena Iris Sarmiento. Cuando ella nació, su padre trajo a la cama de la madre un puñado de mí y mis hermanas que había comprado en una florería cercana al hospital donde Lorena había nacido; notables y tiernos los besos que recibí de la madre. Me llevaron a su casa en un vaso de cristal y colocaron el vaso en la mesa del comedor para que perfumara la casa y me pudieran admirar los amigos y visitas. De todos pude escuchar halagos a mi hermosura y mi deseo de embellecer rincones.

Aún tengo memoria de la abuela de Lorena arrancando uno de mis pétalos y poniendo el pétalo entre las páginas de un viejo libro que leía. Esta es una de las maneras que me obligan a permanecer en el recuerdo de las abuelas, pues al pasar de los años ese pétalo fue el regalo llevado a Lorena cuando anunció su compromiso de matrimonio con Gerardo. Los años habían desteñido mi color y perdido mi perfume, pero mi pétalo fue puesto en una caja de terciopelo y la caja envuelta en papel satinado y cintas plateadas y un hermoso chongo también plateado. No pude evitar el orgullo que me dio ver la sonrisa de sorpresa en la carita de Lorena al ver mi pétalo y acariciarlo con ternura, y dar a su abuela un beso y un abrazo por haberle regalado tan preciado recuerdo. Esa parte de mí que fue desprendida con un poco de dolor era ahora la que llevaba al alma de Lorena una felicidad indescriptible. Mi orgullo estaba más que justificado en aquellos momentos que mi destino definía: ¡nací para hacer feliz al mundo entero!

De un día hasta este entonces he oído proponer que es mejor que yo me quede en la planta que me dio la sabia que maduró el capullo y la flor y la semilla que prolonga mi estirpe para permanecer y que de mí resalte el polen y el néctar que el insecto transforma en miel y en dulzura, así yo soy capaz de dar la vida. Pero la vida es tenue y el amor es tenue y ellos dos maduran y se refuerzan el uno al otro con el conocimiento. Y si es así, ¿por qué negar que se me conozca?, ¿por qué impedir que algún niño, algún enfermo, me acaricie y que mi aroma les llene el alma y les traiga un poco de solaz a sus días, a sus horas, sus minutos?

Conocí a Gerardo y a Lorena en sus años de juventud, de admiración por la vida, años de búsqueda de sí mismos, de preciadas conquistas, de irremediables pérdidas, de confianza en sus fuerzas y su fe, de frustraciones inmensas, de sueños y de sueños… El primer regalo que Gerardo le dio a Lorena fue una de mis hermanas: una rosa blanca. Gerardo la compró con el poco dinero que le quedaba de su mesada, pero el valor estaba en el significado que llevaba esa rosa. Según Gerardo, quien era un poco raro, había decidido por una rosa blanca, en lugar de una tradicional roja, porque el blanco significaba para él pureza de sentimientos hacia Lorena y lo que la vida pudiera traerles más adelante. Era importante que la blancura de mi hermana no tuviese la más mínima mancha y Gerardo la escogió con mucho cuidado, después de revisar docenas de parecidas rosas blancas.

Mi hermana era bella, grande y frondosa, con la rosca perfecta empezando en un centro inmaculado. Con el orgullo y el entusiasmo de un adolescente, Gerardo se presentó en la casa de Lorena todo guapo y compuesto, de traje café oscuro y corbata de seda y adornos florales que su papá le había prestado: la ocasión era la fiesta de graduación de su bachillerato.

Los dos estudiaban en la misma escuela y vivían cerca uno del otro. Los dos habían decidido continuar sus estudios y graduarse como abogados en la Universidad Nacional, para así poder estudiar juntos y hacer planes juntos. Lorena recibió la rosa con una sonrisa bella y espontánea: era el primer regalo de quien parecía iba a ser el compañero en su vida, su futuro. La ceremonia, con su baile de graduación, fue estupenda y llenó los rincones que la memoria necesita para recordar con cariño. Gerardo fue todo un caballero y Lorena fue toda una dama, ella llevó la rosa a su mesa y, después de la fiesta, la puso en un pequeño florero, no antes de arrancarle un pétalo que guardó en medio de las páginas de uno de los libros que utilizó en sus años de bachillerato.

Unos años después, aún siendo Gerardo y Lorena estudiantes en la Facultad de Derecho de la Universidad Nacional, Gerardo pudo comprar un coche usado para transportarse más rápido a sus clases y poder salir de paseo los fines de semana o en las vacaciones. Esta vez fue Lorena quien obsequió uno de mis hermanos a Gerardo para celebrar el primer coche que habían tenido en sus vidas. Mi hermano era un lirio que Lorena escogió con ternura. Al entrar en el coche, ella colocó a mi hermano sobre el tablero y luego salieron hacia un restaurante cercano para celebrar la ocasión con una cena. Al regresar al coche, notaron que mi hermano estaba abochornado y casi marchito. Lorena lo llevó a su casa y lo trató de reanimar en un florero con agua fresca espolvoreada de alimento para flores. Mi hermano se recuperó un poco y alegró el ambiente del dormitorio de Lorena por unos diez días más antes de despedirse para siempre. Lorena no lo tiró a la basura, sino que lo llevó a un parque cercano y lo depositó a los pies de un pequeño árbol silvestre y se despidió de él con un beso y un adiós.

Mi caminar por la vida de los humanos ha sido siempre breve. Después de ornamentar sus tumbas me veo siempre abandonada, reseca y esparcida por el viento. En un país vecino acompañé en su féretro a un pequeño ladrón que le hizo mucho daño a los pobres de su nación cuando tuvo la oportunidad de gobernarlos. Casi nadie asistió a despedirlo y nadie se atrevió a decir palabras de elogio, pues su conducta le había conseguido solo la soledad y el arrepentimiento. Dos pequeños ramilletes sobre su ataúd fue la última visión que tuve de alguien que se dejó vencer por la codicia. Los dos ramilletes lo acompañaron a su tumba cuando me soterraron con su último adiós a lo que fue su vida.

Mi consciencia me aparta de las cosas sutiles que sólo el hombre entiende, mi labor es más simple: llenar de bellos recuerdos el oscuro rincón de la tristeza. Yo nací para eso y soy feliz en lo que depara la vida como mi destino. Nunca he dicho que no; en mi fragilidad está mi fuerza, pues no quiero ser más de lo que soy, sólo así un niño puede arrancarme y deshacerme, pétalo por pétalo, buscando una respuesta a su pregunta, a sus dudas, a su infantil esperanza de eterno amor en la bella niñita que lo acompaña a su lado, *me quiere, no me quiere, me quiere, no me quiere, me quiere…*

Felicidad extrema llevé al magnífico día de la boda de Gerardo y Lorena. ¡Fue el mejor de mis días! Aún resuenan las risas y los cantos que iluminaron la esperanza de sus jóvenes almas. Yo fui parte de ese día. La esencia de mi ser me llevó a rumbos distantes para poder agradecer lo que yo he sido.

Cuando nació Pablo Armando, el primogénito de Lorena y Gerardo, yo estaba en un rincón de la florería que me tenía a la venta. Manos de seda me sacaron del rincón y en un ramillete de mis hermanas y mis primas me llevaron a la cama de un hospital en donde estaba Lorena con su precioso niño. Unos días después me llevaron a una casa pequeña, blanca, en una colina, que Lorena había decorado con esmero. Lorena puso el ramillete en un florero de cristal con agua fresca, luego arrancó uno de mis pétalos y lo colocó entre las páginas de un pequeño libro de portada azul, con escritos y dibujos alegóricos a los primeros años de un niño varón. Entendí el significado de todo ello. Entendí que algún día Lorena le daría ese libro a su hijo y que, tal vez, algún día su hijo daría ese pétalo como preciado regalo a una bella niña, para así prolongar la vida y, por qué no, para así prolongar mi estirpe.

Los días aciagos son, para mí, difíciles de olvidar o sobrellevar y servir de solaz a los que atraviesan por esos días. Cuando la abuela de Lorena enfermó, se predijo el final de sus días cuando ella dejo de responder a los tratamientos instituidos para que se curase. La familia se reunió alrededor de la cama de hospital. Se le miraba extenuada, pero aun así les sonreía débilmente a todos sus seres queridos. Lorena trajo lágrimas, pero también sonrisas a todos los presentes cuando le presentó a su abuela una pequeña caja envuelta en un papel plateado y adornada con un pequeño chongo también plateado. La abuela se sorprendió al recibir la pequeña caja y su cara expresó una pregunta cuando al abrir la caja descubrió un pétalo con evidencias de haber estado muchos años entre las páginas de un libro. Lorena le explicó que el pétalo era de mi hermana y que Lorena lo había guardado en medio de las páginas de un libro que ella utilizó durante su bachillerato. Esa flor fue el primer regalo que Gerardo, ahora su esposo, le había hecho, y representaba la continuación de la vida feliz que ahora compartían.

La abuela recibió el regalo del pétalo con una sonrisa que aplacó las lágrimas en sus cansados ojos y declaró que, por favor, pusieran en su féretro la pequeña caja con el pétalo para que la acompañase para siempre. Aún mis pétalos, aunque viejos y marchitos, tienen en ellos la fuerza del amor.

Como flor, prefiero los días felices, aunque son los más fáciles de olvidar. Celebro mejor los nacimientos que las despedidas, luzco mejor en las solapas del graduado y en el cabello de las novias que en los floreros junto a las camas de hospital. Pero siempre cumplo mi deber: nací para traer solaz al oscuro rincón de la tristeza, con esto completo mis historias, que son siempre lo mejor que se puede contar de una misión que define el valor de la vida, aunque en su brevedad se esconda el misterio de renovación, que es siempre el de esperanza en lo que ha de venir y el dictamen en las manos de los niños cuando me acarician y le dicen al espíritu: *¡todas las flores son bellas!*

El amor duele

MIGUEL A. CASTRO ARGUIMBAU

E ra la cumbre de la noche cuando sus pies se arrastraban dócilmente sobre la alfombra nueva, que tercamente había elegido blanca, "por un tema de luz, rebota la luz". En ese punto de la madrugada, con la luna apagada y la estrellas penosamente escondidas detrás de una densa capa de smog, no se veía nada más que el reflejo del metal que le adornaba un dedo de la mano derecha. Respiraba como un bebé que aún no sabe lo que es ser despojado de la paz al enfrentarse al mundo, y estoy seguro de que, a pesar de la negrura que cobijaba sus ojos, podía verme perfectamente entre las sombras de figuras inexistentes.

Yo dormía como pocas noches lo había hecho, con una sonrisa que hacía espejo con sus labios, que hacían lo propio de una manera más discreta, y ella se acercó cuidadosamente a mí, no quería despertarme, no se lo perdonaría, pues sabía el trabajo que me costaba caer en los brazos de Morfeo. A menos de veinte centímetros de mi cuerpo casi desnudo, enredado entre las sábanas blancas de nuestra cama matrimonial, se detuvo varios minutos a contemplarme. La sonrisa creció de apenas enseñar los incisivos, con los que mañana a mañana me despertaba mordisqueándome el lóbulo de la oreja y el cuello, hasta estirar casi a reventar las comisuras de sus labios. Mi sueño era profundo, y aunque no puedo asegurarlo, podría jurar que mi paz y mi felicidad se debían a que estaba soñando con ella.

Sin dejar de sonreír apretó el puño y sintió la paz del helado acero entre sus dedos, dio apenas un mínimo paso hacia atrás sin quitarme los ojos de encima y, conteniendo la respiración, mirándome sin realmente poder hacerlo, sonriendo como no lo hacía ante la luz del día, y helando la calurosa noche con su cuerpo desnudo, soltó un suspiro que llegó hasta mi cara. Apenas abrí los ojos cuando descubrí esa silueta que podría reconocer de entre un millar levantando la mano. Alcancé a distinguir solo sus dientes brillando en la oscuridad y el anillo de metal alrededor de su dedo cuando un estruendo acompañado de una luz cegadora iluminó toda la habitación.

El revolver disparó sin reparos ni decencia ni vergüenza: estaba haciendo su trabajo. No pude más que cerrar los ojos y ahogar un grito de pánico con el tronar de la pólvora. Ella cayó de nalgas, entre sombras y fantasmas, sobre su alfombra nueva, sin soltar el revolver.

El eco de la bala conquistó por completo sus oídos y no pudo distinguir entre el zumbido, las voces en su cabeza, si yo aún respiraba o no… Por un segundo yo también lo dudé.

No podía verla, alcanzaba a enfocar apenas el cañón del revolver y el flashazo de luz que me cegó por completo pero que no evitaba que yo viera detrás de mis parpados a mi mujer desnuda, intentando matarme. Habiéndome sacudido a la muerte que ya se había fundido en mí, segura de tener un nuevo pasajero, toqué las sábanas y las almohadas y descubrí el hoyo de la bala a unos centímetros de donde había dejado un par de pelos mientras dormía.

El zumbido se disipó y la escuché llorar en el suelo, indefensa, arrepentida. Escuché que cargaba una vez más el arma y echaba hacía atrás el martillo dispuesta a emprender un segundo disparo. Con las sábanas enredadas en el cuerpo me arrastré como un inválido hasta caer de la cama y abrazarla. Con la mano derecha engarrotada al revolver que escuchaba chocar una y otra vez contra su argolla de matrimonio que titiritaba a la par de su cuerpo, la aferré a mí, y ella me enterró las uñas en la espalda.

Delicadamente, le quité el arma, saqué las balas, y las lancé por la ventana.

A lo lejos se escuchaban ya las sirenas. La besé y le pedí que no se preocupara, que yo me encargaría, como siempre lo hacía.

La levanté del piso como a una niña traumatizada y la coloqué sobre la cama, la tapé y pegué mis labios a su frente sin besarla realmente. Mientras caminaba al baño me quité los briefs, encendí la luz, y con el reflejo la descubrí midiendo el agujero de la bala con su argolla de matrimonio.

Cerré la puerta y sin mirarme en el espejo giré la llave del agua hirviendo y me metí sintiendo absolutamente nada fuera de los cientos de cicatrices que adornaban mi cuerpo en pecho, espalda, piernas, brazos y cara. Me encogí bajo el agua con las lágrimas, que pasaron desapercibidas entre las gotas que caían de la llave, resbalándome de la cara.

No era la primera vez que el amor de mi vida trataba de matarme mientras dormía. No sabía si sería la última. De lo que sí estaba seguro es que el listillo que un día dijo que "el amor duele" no tenía idea de qué estaba hablando.

Punto cero

REBECA LABASTIDA

Aceptando la concepción física de que el multiverso es real, Sabina existe de muchas formas al mismo tiempo. Aunque debe notarse que, en cada espacio y dimensión que ocupa, el curso de su vida varía según las decisiones que toma —moldeadas por el entorno social, cultural y político en el que se encuentra. Hay algo estructural, intrínseco, quizás anatómico, que implica lo siguiente: no importa cómo, cuándo, dónde y qué suceda, Sabina *siempre* será Sabina. Su nombre también es variable, y no es el mismo en todos los universos que habita, sin embargo, nos referiremos a ella de forma homónima para fines prácticos.

Ahora, ¿cuál es aquel elemento que mantiene intacta su esencia a pesar de las variables?, ¿es su alma la que se refracta en infinitas posibilidades regadas en el espacio y tiempo, como si el núcleo de su existencia fuera una raíz inmutable de donde parten infinitas líneas de tiempo, cada una con sus propias bifurcaciones? Un punto cero.

El universo se encuentra en constante movimiento y son sus fluctuaciones cuánticas las que permiten la apertura a nuevas direcciones. No deben confundirse con alternativas, pues suceden simultáneamente. Todas son reales y todas poseen sus propias verdades.

En un universo, Sabina creció en el campo con su abuela materna. Aprendió a manejar a los doce años para llevarla a sus citas médicas y desarrolló un miedo prominente hacia las polillas negras, pues, minutos antes de que su abuela muriera de un infarto, vio a una revolotear en la esquina del comedor. Se irá a vivir a la ciudad a los dieciséis, no estudiará una carrera y saltará de trabajo en trabajo. Jamás encontrará aquello que satisfaga sus sueños. Su comida favorita será la pasta carbonara y los tacos de pescado frito, las especialidades de su abuela.

En otro universo, Sabina nunca conoció a sus abuelos, creció en la ciudad con sus padres y fue a escuelas privadas, en donde se enamoró del arte a través de una clase extracurricular. Aplicó para maestrías en Europa y dejó el país a los veinticuatro años para nunca regresar. Trabajará en una galería de la mano de artistas inmigrantes, llevando su obra a un extenso público que la reconocerá en grandeza. No aprenderá a manejar, pues se habrá acostumbrado al transporte público y a las bicicletas. Evitará a toda costa la pasta debido a su celiaquía y será alérgica al pescado. Cual rompecabezas físico y cósmico, la vida de Sabina fluctuará una y otra vez. Habrá cosas que se repetirán en varios universos; otras jamás se replicarán, sufriendo o gozando, como se quiera ver, de la singularidad. ¿Qué tantas cosas pueden variar o ser invariables?

La primera invariable sería el inicio y el fin de su vida, el inicio siendo su nacimiento y el fin su muerte. La segunda, tan invariable como el hecho de que

Sabina sería siempre Sabina, es que en todos los universos amaría la luna con la misma vehemencia. En la complicidad de su silencio y eterno brillo hallaría consuelo. Para explicar la tercera variable es necesario adentrarse a un universo no tan lejano, que será nombrado Carinae.

La noche del 13 de junio de 2023 la temperatura fue menor a los diez grados, por lo que los dedos de Sabina rápidamente se helaron. Era un clima inusual para el verano, pero, de acuerdo con las noticias, los repentinos frentes fríos en el bajío eran cortesía de los huracanes que azotaban las playas del sur, producto del calentamiento global. Recorría la avenida que la llevaba de su casa hacia el café Tulipe. Le quedaba a veinte minutos a velocidad media, pero en ese momento su cavilo dificultaba anímicamente su motricidad, y le estaba tomando más tiempo.

El proceso mecánico de subir y bajar los pies cobró una pesadez absurda. Era claro que se resistía a algo. Para distraerse imaginó que así de complicado resultaba andar en el espacio, miró hacia el cielo como si en él fuera a encontrar las fuerzas que le faltaban, y encontró a la luna mirándole desde las alturas. Se veía tan pequeña, del tamaño de un centavo; de ponerlo en perspectiva, era un punto blanco en medio de las estrellas que le seguían el paso. Habían pasado cuatro décadas desde que el humano pisó la luna por primera vez, recordó, la última vez que alguien la visitó fue el 7 de diciembre de 1972. A menudo se preguntaba cómo se sentiría caminar en su superficie rocosa. ¿Qué tan pesado?, ¿qué tan ligero a su vez en comparación con la gravedad terrestre (lugar donde el peso de la existencia amenazaba con succionarla hacia las profundidades de la tierra)?

—¿Qué tanto ves? —solía preguntarle Johanna en un tono suave, el que usaba cada que la encontraba perdida mirando el cielo.

—La luna —respondía sin mayor dilación.

—¿Y qué piensas?

La respuesta variaba según el día y el ánimo, pero le gustaba recordar una conversación particular en la que respondió:

—Se ve tan pequeña.

—Un pequeño punto azul.

—Esa es la tierra. Ella, en todo caso, sería un pequeño punto blanco —dijo Sabina con una sonrisa, sabiendo que Johanna se refería a la imagen de la tierra tomada por la Voyager 1, momento que en el universo Carinae ocurrió hasta 1995.

Recién se las había mostrado su profesor de física en clase. Les había dejado una gran impresión, pues no podían creer lo pequeña que se veía. "Un diminuto punto azul", como lo llamaría Carl Sagan, rodeado de oscuridad interestelar.

Johanna volteó los ojos y rio.

—Bueno, mejor dime qué es eso que te gusta de la luna — le sugirió.

Sabina se detuvo a meditarlo.

— Que me recuerda a ti.

—¿De qué modo?

—Brilla un montón solo existiendo. Está en todas las noches y me sigue de cerca. Me gustaría tan solo… —estiró las mano y la perspectiva hizo parecer que la sostenía entre sus dedos—. Tomarla y guardarla en una bolsita para dártela.

—No creo que quepa.

—Ya verás que sí —le prometió Sabina, sabiendo que, aun en su imposibilidad, existía un tipo de verdad en la aseveración claramente metafórica.

Sabina dobló una esquina repleta de restaurantes, vio el café Tulipe, y allí, sentada frente al ventanal que daba a la avenida, estaba Johanna esperándola.

La máquina de espresso goteaba incesante sobre un riel metálico mientras uno de los baristas se ocupaba en preparar el latte mediano que Johanna había ordenado. Sabina se acercó a su mesa y se saludaron tímidamente, sus cuerpos, que no eran ajenos uno al otro, se resultaran desconocidos, torpes en su nueva incertidumbre. Manos sin saber de dónde agarrarse, por cuánto tiempo, con qué intensidad, con qué derecho. Entre los sonidos de la licuadora, el hielo quebrándose y la vibración de los congeladores en la habitación del personal se extendió un silencio que empataba con el frío del exterior.

No dijeron mucho antes de adentrarse en las aclaraciones y justificaciones. Estaban agotadas. Se notaba en la curvatura de sus espaldas, en la oscuridad de sus ojeras, en la frecuencia de sus suspiros. Solo les alcanzaba para las formalidades: preguntas del trabajo, asunciones del clima, referencias a la familia; en los meses pasados les hubiera resultado insoportable, pero en ese instante se perdonaron mutuamente la trivialidad.

Johanna le preguntaba de su día cuando la mente de Sabina, que divagaba, descubrió que estaba enamorada de ella. En este universo en particular habían sido amigas desde los diecisiete, y, al parecer de Sabina, siempre estuvo enamorada de ella de una forma u otra, pero fue hasta los veintidós que su amor mutó a algo *más*. Desde entonces todo se sintió diferente: el contacto de la ropa con su piel, la caída de su cabello hacia sus hombros, la forma en que se le entumecían las mejillas al sonreír por mucho tiempo, el sabor de su café por las mañanas, su tristeza, un collar colgando en su cuello, el modo en el que se sentía estando con Johanna… En ese entonces Johanna atravesaba un duelo fuerte tras perder a su tía, quien junto a su madre había hecho de todo por cuidarla mientras crecía. Le pidió que la acompañara a su funeral. Cuando la procesión terminó, concluida con la frase "si va a ser, será" dicha por el sacerdote en referencia a la vida y sus frutos, fueron a explorar una casa abandonada que se encontraba a las orillas del pueblo natal de su familia para distraerse.

La casa estaba rodeada por metros de hierba alta y Johanna tomó la delantera para guiarla. El calor del verano y el norte empezaron a sofocar a Sabina, pero sin querer abandonar la lúgubre aventura, se concentró en la espalda de Johanna para ahuyentar su malestar. Le hacía el camino mucho más fácil tenerla en la delantera.

La casa empezó a verse mejor tras haber recorrido varios metros. Iban en silencio, concentradas en sus pisadas y en sus propios pensamientos que las atolondraban en unísono. Sabina observaba con esmero la línea del cuerpo de Johanna, su cabello y la forma en que se movía junto a ella, sus brazos que comenzaban a mostrar una línea de bronceado por debajo de la manga, su piel brillosa por el sudor. Cada cuánto la escuchaba suspirar. No sabía si era por el cansancio o por algo más; odiaba leer entre líneas, pero le era imposible. En ciertos momentos del trayecto sintió una cercanía magnética cuando Johanna le extendía la mano para ayudarle a cruzar las irregularidades del camino. Johanna sintió nervios sabiendo que Sabina le seguía de cerca, que la podía mirar y ella no podía saber cómo. Se sentía expuesta. Si se detenía en seco y la encaraba, ¿qué sucedería?

Les faltaban unos cuántos metros para llegar al patio delantero. Johanna decidió pensar en fantasmas; Sabina en besarla. Estaban solas en su totalidad. Si miraban a sus alrededores encontrarían maleza, aves sobre los árboles, insectos y bifurcaciones de flora, nada más. Sabina empezó a sentirse ligera de un modo irreal, ¿y si se trataba de un sueño en el que el perfume de Johanna mezclado con el dulce de las flores silvestres era solo su memoria conjurada por la extrema añoranza que le hacía padecer?

En este punto, a Sabina le sería difícil saber dónde estaban más adentradas: si en la maleza o en sus emociones. Entre la hierba que las arropaba podían existir secretos de los que solo ellas estarían conscientes. Se imaginó tomándola de la muñeca para detenerla en su lugar (*si va a ser, será*). Si Johanna volteara, sujetaría su rostro en sus manos del mismo modo en que sujetaba el agua que caía de la llave para tantear si estaba fría o caliente, y la besaría tan suavemente que dejarían de existir en ese plano. *Si va a ser, será.*

Y así lo hizo. La detuvo y la atrajo hacía ella, dando inicio a algo que no parecía tener final. *Si va a ser, será*: un beso, dos besos. Cada que se separaban para recuperar el aire que se robaban, Sabina lo volvía a intentar, pensando que con cada colisión lo haría mejor, que le haría justicia a su enorme sentir. *Si va a ser, será*. La velocidad de la luz no alcanzaba a ir del cero a cien, pero Sabina encontró un modo de detener el tiempo.

Habían pasado tres años desde entonces, pero en el intermedio parecía existir un archivo infinito de años vividos; miles de vidas que se probaron y que por consiguiente causaron que se desconocieran. Crecieron juntas, pero a destiempo. ¿Cuándo fue que se soltaron?, ¿en qué momento? Sabina podía jurar que sujetó su mano en todo instante, en la presencia y la ausencia, en el frío y en el calor. Johanna juraría lo mismo por su parte. Sin embargo, a pesar de los testimonios de amor que pudieron haberse dado bajo juramento de vida y muerte, allí estaban, a punto de partir caminos.

Ella sería la tercera invariable en la vida de Sabina. Ella es una anomalía, un rayón cuántico, como el que se divisa en un CD que al ser reproducido frecuentemente termina por dañarse y emite la repetición de un error cada vez que se escucha. En todos los universos Sabina conoce a Johanna y se enamora profundamente de ella, una y otra vez, a distintas edades, en diferentes épocas, por distintos motivos.

El amor no se había terminado. Como el agua, que puede acumularse pero en las negligencias hay huecos por donde se escapa por más que se intente contenerla. Al notar un primer quiebre hicieron de todo para evitar una inminente fractura. Palabras, acciones, tiempo, atención; la fórmula cumple con elementos que las conducirán a un resultado positivo, pero las palabras que tan bien les sabían y conocían se tornaron símbolos difíciles de descifrar, haciendo del lenguaje que habían construido una disonancia, un dialecto muerto al que se volvieron ajenas.

Sabina se juró que no habría nunca un final, pero allí estaba, atrapada en la paradoja, preparándose para dejarla ir.

El rayón en el acetato de esta narrativa no es que Sabina y Johanna se enamoran una y otra vez en el multiverso, es que, a pesar de la repetición infinita de su amor, en todos los universos, en cada vida y en cada circunstancia, jamás acaban juntas.

El motivo de esta imprecisión es enteramente desconocido. ¿Cómo se mide al amor para procesarlo en una ecuación que defina el margen de error?, ¿despejar el elemento que genera su infalible quiebre? Podemos intentar asociarlo con la cargas eléctricas de protones y electrones, analizando el amor como una fuerza cuántica. En cada multiverso las leyes de la física también están susceptibles al cambio. Los electrones podrían medir menos o más, haciendo que su presión sobre el protón requiera menor o mayor fuerza para su cohesión, estas variables podrían ser las que afecten elementalmente la relación de Sabina y Johanna, pues su enlazamiento cuántico enfrentaría retos ajustados a las circunstancias de cada dimensión.

Sus partículas se verían afectadas en su polarización y espín, brindando un solo resultado: el fracaso. Pero es una apuesta muy arriesgada, pues que se encuentren una y otra vez, en primer lugar, habla de una conexión intrínseca. ¿Podría ser quizás que el error elemental sea algo más sencillo? No se encuentra en las leyes de la física clásica como tal. Su amor está condenado por el simple hecho de que Sabina es Sabina y Johanna es Johanna.

Después de poner sus corazones en la mesa, justificando y perdonando a su vez la tragedia de lo que no pudieron saber y salvar, Johanna pedirá la cuenta. En lo que esperan se prometerán que estarán bien, aunque el pronóstico sea devastador. Sabina sabrá que puede superarlo, solo le tomará toda la vida.

Johanna fue la primera en ponerse de pie después de que Sabina ofreciera pagarle el café. Habiéndose acabado los adioses, empleó el amor que le quedaba y lo plantó en sus labios antes de huir por la puerta.

En otros universos simultáneos, Johanna saldría por todo tipo de puertas y lugares, como un bar, un departamento, una casa, un aula escolar, un auditorio, un parque, un centro comercial, siempre dejando la misma tristeza y promesa detrás, siendo esta última la misma Sabina. En otro universo vecino a Carinae, donde las condiciones son casi las mismas y cuyas variables son mínimas, Johanna no la besaría. En su lugar peinaría un mechón de cabello suelto detrás de su oreja para luego irse lentamente. Avanzaría hacia la puerta sin quitarle los ojos a Sabina en un intento por memorizar el recuerdo de la última vez que se vieron.

Sabina no irá detrás de ella en ninguna tangente.

En unas se echaría a llorar a vista de todos, en otras iría al baño a derrumbarse en el cubículo final. En otros saldría del establecimiento y correría sin rumbo a casa, a todo galope, o a toda velocidad en su auto. En algunos se quedaría en el café por varias horas o caminaría por la avenida sin rumbo. Sin embargo, en las variables particulares de estos universos más cercanos, en todos resonaría en su cabeza, *si va a ser, será*, con la calma de alguien que de a poco entra en calor con la idea de que no volverá a ser.

La muerte
llega primero

Juan Manuel
López Campos

1

L a muerte llegó antes que la madrugada. Fue una coincidencia trágica: la hermosa hondonada anegada de pinos enanos, que habían nacido ahí como fieles guardianes de aquel ojo de agua, se alzaba como un ombligo al final de un extenso terreno yermo y polvoriento. Más allá emergían las enormes laderas, levantándose impotentes como gigantes que vigilaban el horizonte. Este lugar estaba en el camino hacia la libertad para las tropas revolucionarias que venían huyendo del ejido de La Trinidad. Llegaron desperdigados, en pequeñas unidades de seis hombres cada una.

El apacible valle invitaba al descanso y aquellos rebeldes no dudaron en adentrarse por el único camino, bordeado de pirules, que seguía el curso de un arroyo seco y pedregoso. En épocas de lluvia, el sendero debía ser el cauce del agua desbordada del manantial de agua dulce y fresca. Los pirules, resistentes a la sequía, las plagas y los incendios, solo servían para ofrecer sombra, ya que su leña era inútil para fogatas. Mejor así; aquellos hombres, hambrientos, cansados y desamparados no podían darse el lujo de encender fuego.

En menos de una hora, y antes de que el sol comenzara a recogerse, cinco grupos y su líder buscaron guarecerse en las laderas de roca caliza, que ofrecían una defensa natural para cubrir sus espaldas. Con la experiencia que dan las batallas en desventaja —aprendida a base de golpes, tiros y sangre—, se dispersaron, ubicándose de forma que cada unidad pudiera alertar a la siguiente. Formaron así un cordón, donde cada centinela, con una antorcha, estaría listo para señalar cualquier peligro. Bien sabían que el ejército federal les pisaba los talones y que mantenerse alerta era cuestión de vida o muerte.

Sus raciones de comida estaban al límite aquella noche. Tortillas frías con sal y cebolla era lo único que les quedaba. Por necesidad, al día siguiente tendrían que acercarse a las rancherías para comprar o saquear lo que encontraran y satisfacer sus necesidades más básicas. Sus estómagos llevaban días reclamando algo más sustancioso: frijoles, manteca, carne, café y azúcar para reponer fuerzas. Sus cuerpos, famélicos pero endurecidos, necesitaban recuperar energía.

Lo único bueno que llevaban consigo eran las municiones. Contaban con suficientes balas gracias al saqueo de un almacén militar en las afueras del último pueblo, un improvisado cuartel que no les costó trabajo reducir a cenizas después de abatir a la pequeña guardia que lo custodiaba.

Saquearon y huyeron en menos de lo que canta un gallo. La suerte seguía estando de su lado: el botín significó su subsistencia.

2

Mientras se coordinaban para ubicarse sin quedar expuestos a un fuego cruzado, los líderes de cada unidad se alinearon alrededor del jefe de su regimiento, el hombre que los guiaba: un mestizo alto, curtido por el sol y los años, de cabello canoso y rostro marcado por una cicatriz que lucía como un trofeo de guerra. Una bala le había dejado un surco que le atravesaba la mejilla, cruzaba su nariz y se perdía en el mentón; su apodo, El Gato Plateado, se lo había ganado por sus varias vidas, pues hasta ahora había salido ileso de muchas encrucijadas donde había estado a punto de ser cazado. El hombre, con su astucia, escapaba con vida junto con los dos lugartenientes que siempre le acompañaban, incluso cuando la necesidad ordenaba abonar nopales. Hablaba pausado, sin atisbo de duda o prisa, se aseguraba de que nadie malinterpretara sus instrucciones; no alzaba la voz, como si temiera que alguien ajeno lo escuchara, por lo que sus hombres debían acercarse y rodearlo. Lo respetaban profundamente, pues sabían que seguir sus órdenes al pie de la letra les garantizaba seguir con vida. Hasta entonces, El Gato Plateado les había demostrado que su liderazgo, preciso y calculado, superaba las tácticas del enemigo. Aquella noche no iba a ser la excepción.

Pero hablemos un poco del Gato Plateado. Se decía que este hombre había sido despojado injustamente de sus tierras por el presidente del ejido al que pertenecía. Una orden federal, sellada con tinta tan débil como la justicia que la respaldaba, decretaba la expropiación de sus parcelas en favor del gobierno mexicano. La excusa era que el río que atravesaba sus propiedades debía ser aprovechado por los poblados adyacentes, ¿pero cuáles poblados? Sus tierras estaban en medio de la nada. Sin embargo, aquellas tierras fértiles tenían un valor que otros codiciaban. El plazo para desalojar era de 24 horas, tras las cuales podría cobrar un cheque irrisorio en la cabecera municipal. Ignoró la orden y, al día siguiente, el presidente ejidal llegó acompañado de cuatro policías, guardianes improvisados y nerviosos, para ejecutar el desalojo. Cometieron un error fatal: desenfundaron sus armas cuando la discusión se tornó acalorada, pero no previeron que aquel hombre, aunque solo, estaba armado.

Rodeado en el patio de su casa, los enfrentó con daga en mano. Los policías, confiados, se acercaron demasiado. En cuestión de segundos, el brazo del mestizo segó sus vidas como si estuvieran en un matadero. Los cuatro cayeron con expresiones de asombro, incapaces de comprender cómo un solo hombre los había derrotado.

El único sobreviviente fue el presidente ejidal, que, con un piquete en las costillas y presa del pánico, huyó despavorido. Aquel error sería un lastre que más tarde nuestro protagonista lamentaría toda su vida.

La respuesta del gobierno no tardó. Llegó de la mano del ejército, decidido a imponer el orden constitucional a cualquier precio. El informe oficial, plagado de mentiras, afirmaba que hombres armados los habían recibido en los límites del rancho, lo que los obligó a abrir fuego sin previo aviso. Sin embargo, lo que realmente ocurrió fue una masacre: toda la familia del Gato Plateado fue asesinada. Él, con la cara ensangrentada, logró escapar a caballo, el único bien que conservó de sus propiedades.

Así comenzó su vida como militante rebelde. La afrenta le costó caro al ejército, pues, en menos de quince días, aquel hombre herido en cuerpo y alma se cobró venganza. Atacó el regimiento militar apostado en un cuartel a orillas del pueblo y acabó con la vida de los guardias. Desde entonces, su leyenda empezó a crecer. Había superado más de una docena de batallas, saliendo siempre con vida y cumpliendo sus objetivos, su tropa se fortalecía día a día con la llegada de campesinos despojados, desamparados, sin nada que perder. Con él, el botín se repartía de manera justa, y eso lo hacía mantener la lealtad de los suyos.

El Gato Plateado no tenía nada en el mundo. Su esposa y sus seis hijos habían sido asesinados, y luego enterrados por sus fieles mozos en los linderos de la parcela, junto al río que solía cantar cada mañana. Su rancho fue reducido a cenizas, el pastizal que alimentaba a su ganado fue barrido por el viento, y los animales terminaron en el rastro municipal. En cambio, él ganó una cuantiosa recompensa por su cabeza: cien pesos en plata, una fortuna en aquellos tiempos, ofrecida "vivo o muerto". Sin embargo, su inteligencia y ausencia de miedo lo hacían peligroso. La audacia que lo caracterizaba desafiaba toda lógica de combate, y su fama atrajo al ejército nacional, que lo buscaba como una jauría. Había jurado vengar a cada uno de sus familiares asesinados, cobrando diez vidas por cada una de las que le arrebataron. Aquella noche, sin saberlo cumpliría su juramento con creces, la providencia le llevaría hasta aquel oasis a unos inocentes corderos improvisados de guachos.

3

Las tropas militares, recién reclutadas a punta de cañón, estaban compuestas por soldados inexpertos, habitantes de aquellas rancherías donde lo único que sabían hacer era sembrar, cosechar, ordeñar vacas, criar ovejas, gallinas y cerdos, así como sacrificar animales, salar la carne y almacenar manteca. Nunca habían tomado un fusil en sus manos. En los doce días que llevaban de preparación no habían tenido la oportunidad de practicar el tiro al blanco, mucho menos de poner en práctica estrategias militares de asalto y combate. Solo habían aprendido lo básico: limpiar y cargar el rifle, cargar sus mochilas y mantener el orden y cuidado de sus pertenencias. Las bases para convertirlos en soldados estaban lejos de completarse, y en unas horas lo comprobarían.

La luna se asomó tímidamente por la abertura de unas densas nubes, como si dudara de iluminar la escena. Lo mismo parecía ocurrir con la instrucción dada por el militar de mayor rango: acampar al pie del oasis de aguas cristalinas. Aquella noche descansarían y, al amanecer, seguirían el rastro de la cuadrilla rebelde con la orden de no detenerse hasta alcanzarlos y matarlos.

El batallón estaba compuesto por cuarenta y ocho soldados rasos, todos menores de dieciocho años, acompañados por cuatro soldados con experiencia militar y dirigidos por un general de división conocido como "El Implacable Ojeda". En fila india, marcharon por el lecho seco y pedregoso del arroyo hasta llegar al valle hermoso, donde los pinos —por alguna razón desconocida— no superaban los dos metros de altura. Rodeaban el lago formando un círculo verde que, desde el cielo, parecía una mancha en medio de la desolación. Los soldados, como una hilera de hormigas, penetraron en el valle, buscando refugio bajo los pinos para armar sus casas de campaña.

Tras refrescarse con la tibia agua dulce del oasis, intentaron sacudirse el polvo que cubría sus uniformes de verde olivo. Más de diez horas de marcha entre tierras áridas y calientes —a las que llamaban "polvillo"— los habían dejado exhaustos. En medio de la calma, el silencio reinó. Incluso los grillos, intimidados por la actividad, suspendieron su concierto nocturno.

Laboriosamente, los reclutas comenzaron a montar las casas de campaña, cada una para seis personas. Uno de los jóvenes, Rodrigo, pidió hablar con el general Ojeda. Tenía dieciséis años, el cabello rapado, ojos negros y cejas gruesas, un rostro afable que aún guardaba un aire de inocencia. Días antes lucía una melena ensortijada, pero esta había quedado en el suelo del atrio de la iglesia donde fue reclutado contra su voluntad.

Rodrigo conocía bien aquel valle agreste, sus laderas y su oasis. Quería advertir al general de algo que lo angustiaba, una premonición basada en su conocimiento del terreno, pero Ojeda, cansado, no quiso escucharlo. Lo mandó de vuelta con su tropa, desestimando lo que consideró "pendejadas". Rodrigo sólo quería explicar que aquel oasis era el único nacimiento de agua en más de cien kilómetros a la redonda, lo que lo convertía en un lugar estratégico: si ellos necesitaban el agua, los enemigos también.

Además, tenía una intuición, una visión clara en su mente: fuego, un incendio inminente. No sabía de dónde venía esa idea, pero la sentía con certeza. Angustiado, percibía que no estaban solos, que algo o alguien acechaba entre las sombras. Esa intuición le salvó la vida.

Mientras los demás se acomodaban en las casas de campaña, Rodrigo buscó refugio en el hueco de un viejo pino, entre el tronco y la raíz. Allí se acurrucó, con el rifle apretado contra el pecho, y cerró los ojos para descansar.

4

No supo cuánto tiempo pasó inconsciente. Cuando intentó abrir los ojos sintió como si estuvieran cosidos con el hilo que su madre usaba para unir telas. Escuchó un batir de alas lejano que pronto se transformó en un ruido ensordecedor de gritos, llantos y truenos. Era el sonido de la batalla.

Las casas de campaña ardían y Rodrigo despertó dentro de lo que creyó era una pesadilla. Pero no, era real; más cruda y sangrienta de lo que había imaginado, su visión se hacía realidad.

Sus compañeros corrían despavoridos, envueltos en llamas, intentando alcanzar el oasis para salvarse. Sin embargo, las balas los atravesaban antes de que pudieran llegar, derribándolos uno tras otro. Rodrigo intentó levantarse, pero su cuerpo estaba entumecido —esa parálisis lo salvó de ser parte de la carnicería.

La masacre solo duró una hora. Habían sido cazados como animales que acuden a beber agua.

Los centinelas, cansados y deshidratados, se habían quedado dormidos. El primero que debió estar alerta no detectó las señales: antorchas encendiéndose en las laderas. Los destellos eran intermitentes, como un código. En total, ocho antorchas descendieron por la ladera, una para cada casa de campaña, llevadas por las correosas manos de cuatro indígenas patas rajadas que caminaban descalzos. Estos hombres, expertos en tareas de reconocimiento, descendieron con sigilo y prendieron fuego a las endebles casas de lona. Después corrieron de vuelta a la seguridad de las sombras, dando paso a la segunda fase del ataque.

Cuando los reclutas salieron aterrorizados de las casas de campaña, fueron abatidos sin remordimiento. Los rebeldes tenían una bala para cada uno de ellos. Rodrigo, tras recuperar la movilidad, corrió desesperado hacia una de las casas de campaña, donde sabía que estaba Leonel, el joven hijo del hacendado que le habían encargado proteger con su vida.

5

La casa de campaña donde estaba Leonel era una gran llamarada. Él era el único que no había logrado salir, para su buena suerte, pues quienes lo hicieron habían sido heridos de gravedad. Acurrucado en una esquina sin saber qué hacer más que taparse primero los oídos, como si así pudiera ahuyentar el estruendo de la batalla, y después la boca, para no aspirar el humo que comenzaba a asfixiarlo, ahí lo encontró Rodrigo que, con cuchillo en mano, rasgó la lona por la parte trasera y lo sacó a rastras para llevarlo hasta detrás de aquel pino grueso que antes le había salvado la vida.

Leonel alternaba una mano entre su boca y su vientre, donde una mancha roja se expandía sobre la camiseta blanca, mientras con la otra se aferraba al cuello de su salvador. Las balas seguían zumbando sobre sus cabezas, arrancando astillas del improvisado escudo que los protegía: sabían que tenían que alejarse pronto o serían rematados. Rodrigo, como si cargara una obligación autoimpuesta, comenzó a arrastrarse lentamente, alejándose del fuego, cuyas lenguas rojas amenazaban con devorarlo todo a su paso.

Las lágrimas surcaban sus rostros, aunque no podían discernir si eran producto del denso humo o del miedo que los mantenía temblando. Ambos comprendieron que debían aprovechar la confusión. Rodrigo, en contra de lo que su intuición le dictaba —

si te persiguen, quédate quieto—, arrastró a Leonel hacia un declive detrás del cerco de pinos que rodeaba el lago. Encontraron una oquedad cubierta de hojarascas donde Rodrigo primero acomodó el cuerpo de Leonel y luego se escondió él mismo.

En comunión silenciosa, comenzaron a rezar, acompañados por el crepitar del fuego que devoraba las ramas secas de los árboles.

Pronto el sonido de pasos descalzos rompió el silencio, eran los hombres arrastrando ramas para apagar el fuego. Después se escuchó la orden clara y grave: "¡No dejen ni un solo vivo!". Los disparos resonaron. Cuando las balas impactaban los cuerpos, se oía un sonido opaco, *plop, plop, plop*, seguido de suspiros agónicos que daban paso a un silencio mortal.

Una descarga de balas más lejana indicó que la carnicería continuaba. A la salida del valle, sobre el lecho seco del río, cuatro gatilleros esperaban en cuclillas para rematar a los pocos que lograran huir del incendio. Entre ellos apareció el general Ojeda en calzoncillos blancos y pistola en mano, acompañado por dos escoltas. Pero su reacción llegó demasiado tarde, un torrente de balas atravesó su cuerpo, extinguiendo su vida antes del amanecer.

Todo el regimiento había sido aniquilado. Los rebeldes contaron los cuerpos, pero algo no cuadraba: faltaban dos. No podían dejar sobrevivientes que atestiguaran la masacre. Sin perder tiempo, amontonaron los cadáveres en tres montañas y les prendieron fuego. El olor acre y la humareda se esparcieron por el valle.

Rodrigo y Leonel, todavía conteniendo la respiración, percibieron que alguien los observaba, sus ojos penetrantes parecían adivinar su existencia guiados por las vibraciones que sus cuerpos emanaban. Era el Gato Plateado quien olfateaba el aire mientras dirigía a sus indios patas rajadas con señas. Estos, con una sensibilidad inexplicable en las plantas de los pies, parecían captar el latido de la tierra.

Rodrigo sintió que el momento de su fin había llegado, pero una voz aguardentosa rompió el silencio: "¡Vámonos!".

Los grillos retomaron su canto con la llegada de la madrugada mientras la luna se desvanecía junto con las tropas rebeldes. Ambos habían cumplido su cometido.

Con la primera luz del día, Rodrigo y Leonel emergieron de su refugio. Rodrigo, agotado pero determinado, cargó al herido sobre sus hombros. La sangre perdida había dejado a Leonel pálido y débil, pero aún con vida. Avanzaron hasta llegar al pie de las laderas, donde comenzó un esfuerzo titánico. Rodrigo, conocedor de las grutas en la montaña, sabía que ahí encontrarían refugio. Con una soga ató el cuerpo inerte de Leonel a su espalda y emprendió la ascensión por la escarpada cuesta. Cada paso era imposible, pero el instinto de supervivencia lo impulsaba.

Tras una hora de esfuerzo agotador, alcanzaron una gruta segura, escondida en las alturas. Rodrigo, exhausto, revisó la herida de Leonel para intentar contener la hemorragia. Fue entonces cuando descubrió el secreto que Leonel había guardado: bajo la camisa militar, unos senos incipientes estaban aplastados por un vendaje que los ocultaba. Por eso dormía vestido, por eso se le percibía como un señorito delicado. Rodrigo comprendió que el vendaje no solo ocultaba su identidad, sino que también había detenido parcialmente la hemorragia, permitiéndole a Rodrigo salvarle la vida por segunda vez. Mirando los senos, liberados de su confinamiento, Rodrigo entendió por qué la madre de Leonel había pagado a sus padres para que él la cuidara: el poderoso hacendado había intentado convertir a su hija en varón, pero no pudo ocultar su verdadera naturaleza. Rodrigo dejó a Leonel en la gruta y emprendió el descenso decidido a buscar al curandero de su aldea para salvarla.

Mientras tanto, el valle hermoso, ahora vulnerado, lucía una alfombra roja alrededor del ojo de agua. La evidencia de la masacre permanecía, intacta y cruda, como un recuerdo latente de la crueldad humana. El viento matutino, tímido y delicado, apenas rozaba las cenizas. La masacre, conocida más tarde como "La matanza del día de los inocentes en el ojo de agua", no solo acrecentó la leyenda del Gato Plateado, sino que superó su juramento de matar a diez soldados por cada miembro de su familia. Aquella noche se convirtió en historia, y el valle en un recuerdo teñido de sangre.

La Cocina de Lulú

Óscar Sánchez Félix

¡Hola! Soy la castorcita Lulú, vivo con mi papá, mi mamá, mi hermano y dos primos en una linda casa de madera y cieno en medio de una arboleda muy cerca del río Caocau. Nuestra casita la construyó mi papá personalmente con sus garras y dientes, pues él es uno de los mejores arquitectos del mundo. Con el fin de que me vayan conociendo, les diré que tengo dos años y la característica que más me define es que soy muy inquieta y siempre quiero estar haciendo algo, creando, inventando, construyendo. Podría decirse que soy bastante hiperactiva y que no se me da procrastinar, todo lo quiero al grito de ya.

Un día, mi papá, sabiendo de mis inquietudes y mis sueños, me regaló una moneda de diez estrellas para que la usara en arrear algún negocio. Me dijo que los castores somos mucho más que constructores de represas, que confiaba en mi criterio e inteligencia, que me dejaba en libertad de invertirla en lo que decidiera, y que de seguro tendría mucho éxito con mi primer emprendimiento, y que, por supuesto, él me echaría la mano en todo.

Por la noche no pude dormir, alucinando despierta, pues ya me sentía bastante orgullosa de ser una gran empresaria.

A la mañana siguiente desperté muy temprano, con las molestias del desvelo pero con gran entusiasmo y exultación. Más rápido que inmediatamente salí al sendero. Pronto apareció Don Tito el Jabalí perifoneando a gritos sobre sus productos (él vende bules para agua, entre otras cosas). No tardé en hacer tratos con él y le compré todos los bules que le quedaban en su tara. Estaba ansiosa por empezar, pues el comercio está en mi sangre; mentalmente hice cuentas: los diez bules, que le compré al precio de una estrella, los vendería a dos estrellas cada uno y así me ganaría diez estrellas, luego le compraría veinte, los vendería, después cuarenta, y así sucesivamente hasta completar ¡¡¡un millón de estrellas!!! Ya me veía invirtiendo en la bolsa y después en un costal.

Improvisando me encaramé sobre un tronco seco a la orilla de la vereda para ofrecer mi mercancía. ¿Qué podría salir mal?

Poco después llegó la Señora Loba y me preguntó sobre las características de los bules, que si dónde se producían, que si eran térmicos, que si eran vegetales o minerales. No supe explicarle y ni me interesaba, yo sólo quería clientes. Con mucho respeto, le dije:

—Si no compra no mallugue.

Se fue bastante contrariada.

Ronny el Alce me dijo que los bules estaban muy caros. Me quería comprar tres, pero me pedía un descuento, me repitió que me convenía venderlos rápido para darle revolvencia al negocio, ya que la mercancía almacenada se devalúa o se echa a perder.

Le dije con cierta soberbia:

—Voy a vender todos los bules al precio que yo quiera, ¡me canso ganso! —le dejé muy claro que los "grandes empresarios" tenemos que correr ciertos riesgos.

Jaziel el Mono me aconsejó que colocara los bules bajo un árbol de abedul, así los clientes se sentirían más a gusto. Me pareció muy arrogante su forma de decírmelo, yo era la dueña del negocio y por lo tanto la que sabía cómo manejarlo y no ocupaba "bules pa' nadar". Le dije:

—Metiche, ve a ver si ya puso la marrana.

Entendió la indirecta y se fue brincando con cara de pocos amigos, resoplando de coraje.

La Liebre Orejas no se quiso quedar atrás y me dijo, con cara de experta, que tallara los bules con una franela para que brillaran y lucieran más llamativos, que les pintara paisajes y flores y otras tonterías. También la puse en su lugar, a mí nadie me va a enseñar sobre negocios, ¡ni que los bules fueran la lámpara de Aladino para tallarlos!

La Señora Puma se atrevió a decirme que vendiera productos que fueran más comerciales y fáciles de conseguir tanto en el bosque como en el río (como son peces, vegetales, frutas, piedras, composta). ¡Qué ideas tan tontas! Bien dicen que dar consejos no cuesta nada.

Interpretó mi mirada de desaprobación, dio media vuelta y se fue.

Mi madre me suplicó que considerara las sugerencias de nuestros vecinos, me repetía que de todos se puede aprender algo, pero no le hice caso. Mi papá me sugirió que vendiera pescados, que él podría conseguirlos en el río. Yo tenía ideas nuevas, revolucionarias; mi papá ya andaba en los dieciséis, sus razonamientos me parecían caducos.

Después de diez días de trabajo y sin ayuda de nadie, logré vender todos los bules y sin descuentos. Fue un gran día para mí, me sentía soñada, aunque en realidad me tardé demasiado en el proceso y la utilidad fue muy poca, pues ya repartiéndola entre diez días, y sumándole los gastos, quedaba un bicoca. No iba a rendirme a la primera y me propuse buscar a Don Tito. Salí a la vereda, pero no lo encontré. Anduve preguntando quién cultivaba cucurbitáceas por el rumbo. Me dijeron que la producción de bules es una tradición milenaria de épocas idas que Don Tito trata de mantener viva, pero nadie me supo dar razón de su paradero.

No quería sentirme derrotada, pero ya era tarde, empezaron a retumbar en mi mente los consejos y sugerencias de mis vecinos y de mis padres: "¡Vende peces! ¡Encala los árboles! ¡Solo en Sinaloa hay bules!", todos gritaban al mismo tiempo en mi imaginación, taladrándome los oídos. Quería que se callaran, que me dejaran en paz, pero cada vez gritaban más fuerte. Al fin me rendí y les dije, desesperada:

—¡Okey!, ¡okey! Cambiaré de giro, pero ya no griten más por favor, me va a estallar la cabeza.

Como por arte de magia frente a mí apareció un mercado giratorio exageradamente iluminado. Llamaba la atención la extensa bisutería, joyería de fantasía e infinidad de productos increíbles: había peces de cristal, yoyos, trompos, baleros, juegos de té, pulseras, llaveros, espejos, herramientas de plástico, y ropa y correas para mascotas. Después de seleccionar lo que más me gustó quise pagar, pero ¡oh sorpresa!, ni una sola estrella, no las encontré. Grité, histérica:

—¡Me han robado! ¡Ladrones! ¿Dónde están mis monedas? —No cabía en mi cabeza el cómo las había perdido, si no las descuidaba ni por un instante.

Los productos que había apartado se subieron contrariados a la banda que siguió girando como la hélice de un helicóptero, pero luego, más rápido, se elevó hasta el cielo y desapareció.

Había fracasado como empresaria, ya no me quedaba nada. ¡Qué tristeza!, ¡qué dolor!, ¡qué llanto y decepción! A muy temprana edad experimenté lo que es estar quebrada, en bancarrota. Sentí que me hundía en un remolino sin fondo y que era mi fin, por más esfuerzos que hacía no conseguía mantenerme a flote.

Me desperté llorando y gritando mientras mi madre, preocupada, trataba de calmarme. Felizmente me percaté de que todo había sido un sueño o, mejor dicho, una pesadilla. Me volvió el alma al cuerpo cuando constaté que aún conservaba intacta la preciada moneda de diez estrellas que me había regalado mi padre con tanto amor.

Mi mente de empresaria comenzó a activarse de nuevo, pues otra de las características que me definen es la resiliencia. Tendría que empezar mi negocio desde cero pero no lo haría como en el sueño. Obvio.

Esa había sido una lección muy reveladora, ahora tendría mucho más cuidado en los detalles, me daría un tiempo razonable para reflexionar con mucho tiento cómo, cuánto, cuándo y en qué invertir, ya que había aprendido que de una planeación adecuada dependen los buenos resultados.

Por principio de cuentas me pregunté a mí misma para qué era apta o inteligente. Recordé que tenía muchas habilidades para la cocina, me gustaba preparar guisos y postres con mi mamá. Entonces se me ocurrió establecer un negocio de comida a la orilla de la vereda; ya contábamos con anzuelos y a treinta metros de mi casa estaba el río plagado de peces, sólo había que ir por ellos.

Después de meditarlo a consciencia y de pedirles perdón a mis padres por haber ignorado sus sugerencias, busqué el lugar idóneo para establecernos.

Con la ayuda de mi padre y de mi hermano construí una hornilla bajo las sombras de un gigantesco sauce llorón (acepté a medias las ideas del mono, pues los sauces son más elegantes y dan más sombra que los abedules). Mi mamá me proveyó de trastos limpios y todos los utensilios necesarios para empezar; colocamos una mesa de madera y unos botes boca abajo a modo de sillas.

El día D lo que sobraba era entusiasmo; todos madrugamos a pescar en familia. Como buenos castores, conocíamos ampliamente los secretos del río, por lo que no tuvimos problemas en conseguir la materia prima. Con una docena de peces en la cesta nos regresamos muy contentos a la casa. Ya no podíamos esperar, así que esa misma mañana inauguramos el negocio, el cual bautizamos "La Cocina de Lulú". Iniciaba la aventura.

El patio barrido y regado, los troncos de los árboles encalados, globos y colguijes por doquier, una estampita del Dios de los Castores, un clima excelente, los pájaros cantando, el ruido del agua del río y el arrullo del viento; de verdad se antojaba estar en aquel lugar tan sombreado y acogedor, y más si se tenía a merced un rico pescado a las brasas acompañado de un jugo de arándanos. Ahora sí, con una buena planeación, contando con todos los insumos, y atendiendo los buenos y desinteresados consejos de los animales del bosque, ¿qué podría salir mal?

Les pedí a mis amigos los monos que corrieran la voz, y no tardó en presentarse mi primer cliente, el Señor Oso Pardo, quien antes había tratado de comernos pero ahora solo quería saborear un rico pescado preparado por castores. Se sentó en una gigantesca piedra (porque en los banquitos no cabía), se encontraba famélico y ese día lo que menos quería era consumir vegetales. Rápidamente me puse en actividad y, presa de una gran emoción, le serví su vaso de jugo fresco mientras le preparaba su pescado.

Cuando el Señor Oso Pardo terminó su opípara comida, quedó muy satisfecho (lo supe por su gran eructo). Se despidió varias veces y además de dejarme una generosa propina prometió recomendarnos con los tigres, los mapaches, los cocodrilos y hasta con los murciélagos. Mi primera venta me emocionó al punto de las lágrimas; mi mamá también lloró, mi papá y mi hermano se aguantaron como buenos *Californicus*.

Pronto mi negocio floreció y mi mamá y yo no nos dábamos abasto en las labores de la cocina y sirviendo, mientras que mi papá y mi hermano se encargaban de pescar y construir más mesas y bancos, ya que el mobiliario con el que iniciamos ya fue insuficiente.

Ya "La Cocina de Lulú" andaba de boca en boca, era famosa y todos sabían de su ubicación; los animales del bosque realmente disfrutaban de los platillos que ahí se expendían; el menú había cambiado y crecido, además de pescados ya vendíamos también ensaladas de vegetales, frutas y zetas. No había ningún riesgo de desabasto de la materia prima ya que todo se producía en los alrededores de forma natural y sustentable.

Hoy puedo presumir que nuestro negocio es todo un éxito, y eso se lo debemos a que planeamos muy bien todo desde el inicio. Trabajar en lo que me gusta fue el primer atino. También fue importante buscar una ubicación adecuada y confortable, sobre todo en la sombra, con mucho espacio y con trinos de aves y el ruido de la corriente del río. Atendemos con esmero y agrado las sugerencias de los clientes, incluso hasta sus antojos tomamos en cuenta.

Conseguir más clientes hoy significa un doble reto, ya que tenemos bastante competencia, pues al enterarse de nuestro éxito, otros animales del bosque establecieron negocios similares. Por eso nos modernizamos y nos expandimos, también pintamos el nombre del negocio en una tabla, y a la fecha contamos con dos hornillas y dos comales, cuatro tablones con seis bancos de madera cada uno; o sea, tenemos capacidad para atender a veinticuatro clientes al mismo tiempo, más los pedidos para llevar.

Dos primos marmota se sumaron a nuestro equipo y nos ayudan en la pesca y a moler con golpes de su cola las especias que utilizamos para los ricos aderezos que ya son parte del menú (BBQ chipotle, *ranche* y *miele*). Contamos con un buzón de sugerencias, aunque las quejas han desaparecido por completo, pues hemos aprendido de nuestros errores, mejorando constantemente el servicio y la calidad. Buscamos la satisfacción del cliente y hacemos que cada visitante se sienta como en casa, contento y relajado.

Mi hermano Paco es muy bueno para las matemáticas, por lo cual lo pusimos a cargo de distribuir los recursos, separando lo que se va a reinvertir, lo que se va a gastar y lo que se va a ahorrar; a mi papá le gusta construir y pescar, por lo que tiene el encargo de tener un stock de troncos, peces y vegetales suficientes; a mi mamá le encanta la cocina, y ahí trabajamos ella y yo muy felices; los primos marmota en lo suyo, muy activos y motivados también. Con mucho esfuerzo y dedicación hemos logrado integrar un equipo fuerte, unido y capaz. Todos los integrantes nos sentimos muy comprometidos y ya estamos pensando en nuevos proyectos, nos preparamos y nos capacitamos permanentemente, mantenemos una relación simbiótica entre todos, y cada uno es una pieza importante e indispensable en el engranaje de nuestra querida empresa.

Algo que me satisface sobremanera es que también hemos influido en nuestro entorno, ahora se observa más movimiento, bastante tráfico; nuestros vecinos han prosperado y se ven siempre felices, el bosque y el río lucen diferentes, brillantes, coloridos y llenos de vida. La verdad, no podríamos aspirar a un mejor lugar para vivir y trabajar.

Paco ha desarrollado dotes artísticas, ha aprendido las técnicas del óleo y la acuarela y en sus ratos libres pinta bules y huevos de avestruz con paisajes, flores y frutas, los que ahora también forman parte de nuestro inventario. Y es que los bules y los huevos de avestruz estampados que nos vende Don Tito han sido todo un éxito: ya son parte de la imagen de nuestra gran empresa. Don Tito siempre nos regala un bule de pilón junto con una sonrisa (aunque está chimuelo) y nos dice que nos considera su segunda familia, lo que nos complace mucho. Es muy satisfactorio poder contribuir a que los animales del bosque tengan mejores condiciones de vida, salud y recreación.

Afortunadamente yo tuve ese mal sueño que me hizo abrir los ojos y me previno de cometer muchas equivocaciones propias del ego y la inexperiencia. Como considero que es muy difícil que ustedes tengan la suerte que yo tuve con mi epifanía, pongo a disposición de todos lo que yo viví, lo que yo batallé, lo que yo sufrí, los puntos neurálgicos y claves del buen emprendimiento, los cuales deben de tomar muy en serio para asegurar el éxito si es que deciden incursionar en los negocios.

En principio de cuentas es de gran relevancia hacer sentir parte de la empresa a los colaboradores y clientes, y es que no podría ser de otra manera, pues todas las compañías del mundo se componen de empresarios y clientes, y ninguna podría sobrevivir sin ese binomio que se complementa perfectamente. Otro punto esencial para avanzar con pasos firmes es deshacernos de la vanidad que nos proporciona la falsa idea de que somos expertos y aptos en todo. La realidad es que nadie es perfecto y no es posible ser perfecto, mucho menos es necesario serlo para triunfar; es mucho mejor ser humildes y preguntar a quienes ya han pasado por ahí, eso da muy buen resultado. Ser apasionado por lo que haces es otro requisito, tiene que gustarte; no es bueno iniciar un negocio en un giro que no conoces o que te desagrada.

Y no se trata de descubrir el hilo negro, sólo de usar la lógica: trata a los demás como te gustaría que te trataran a ti, con diligencia, con prestancia, con amabilidad, y te aseguro que disminuirás considerablemente el riesgo del fracaso. Procura ser siempre quien lo hace mejor, el entusiasta, el optimista, al alma de la fiesta. Si naces con dones y no los usas, jamás triunfarás, en cambio, si naces con escasas gracias pero cultivas la cultura del trabajo, el estudio, la disciplina y la perseverancia, sobresaldrás sobre los demás y seguramente triunfarás.

Como parte de tu entrenamiento diario, pregúntate: ¿Cómo puedo ser el mejor? Acto seguido, escríbelo y repítelo, "Voy a ser el mejor, el que cumple todas sus promesas, el que lo hace de la mejor manera". Acto seguido ¡hazlo!, solo de ti depende hacerlo bien; no existe otro secreto para el éxito.

¿Y cuál es la diferencia entre hacerlo bien y hacerlo mal? Muy sencillo: si lo hacemos bien estaremos felices, motivados e ilusionados y eso nos proporcionará satisfacción y fortaleza. En cambio, si lo hacemos mal, quedaremos insatisfechos, enojados con nosotros mismos y con un amargo sabor de boca.

No importa el tamaño ni dónde esté ubicada tu empresa, si pones en primer lugar a tus clientes y colaboradores se generará una sinergia productiva que apuntalará tu crecimiento; si así lo haces, no tengas dudas, tus clientes volverán, y no volverán solos, traerán más invitados para presumirles el agradable lugar que han descubierto.

Reflexiona: Si los salmones del río, nadando a contracorriente, llegan siempre a las altas montañas; y si esta humilde castorcita, con todas las limitaciones que tiene su especie, logró un rotundo éxito en el comercio y los servicios, ¿qué no podrías hacer tú con las habilidades y destrezas que Dios te ha regalado?

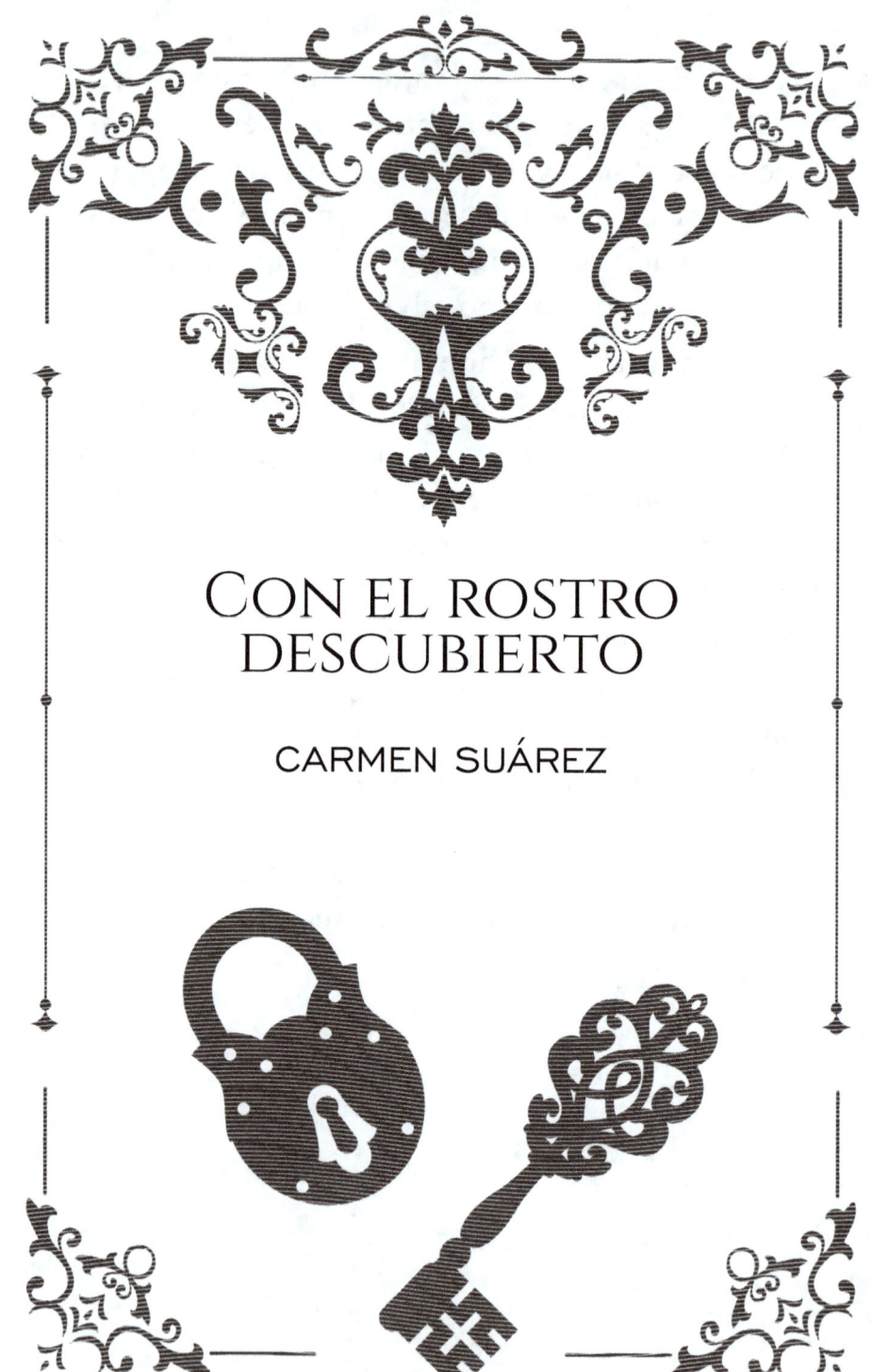

CON EL ROSTRO DESCUBIERTO

CARMEN SUÁREZ

Todo empezó aquella tarde, cuando a Diego lo invitaron a una fiesta. La fiesta sería muy cerca de su casa y decidió irse caminando. Volteó a ver el cielo, estaba tapizado de nubes grises; bajó la mirada y observó el suburbio donde vivía; pensó en la perfección del lugar. Estaba diseñado para que nada se saliera de la armonía y la uniformidad. Todas las casas eran idénticas: fachadas blancas y dos ventanales simétricos que permitían que la luz entrara de forma natural, techos de teja color terracota, al frente un jardín con pasto verde brillante, cortado y delineado perfectamente. Cada jardín contaban con una serie de árboles, todos ellos ficus de tamaños semejantes, flores de lavanda y margaritas blancas.

La casa a la que se dirigía estaba a tres cuadras de la suya. En el trayecto se topó con varios vecinos, los cuales se saludaron entre sí con mucha cortesía, pese a que no podían percibir sus expresiones faciales por causa de las máscaras. A pesar de ellas, siempre ha habido una gran cortesía entre nosotros.

La usamos porque el Estado nos obliga a usarlas. Están hechas de un polímero transparente que se asemeja a la textura y al color de la piel, son un dispositivo de tecnología avanzada que nos ayuda a regular las emociones, una herramienta para promover la productividad y el bien común.

Finalmente, Diego llegó a la fiesta. Por un momento se quedó solo en una esquina de la terraza, era un lugar hermoso, arriba de una colina, al frente de un cerro de piedra rodeado de vegetación. Diego se sirvió un cóctel y se lo tomó poco a poco, manteniéndolo en su mano. En el cielo las nubes seguían grises y una neblina envolvía el ambiente de la fiesta, que se estaba tornando un tanto tedioso para Diego. Se dedicó a observar la manera en que las personas convivían desde lejos hasta que decidió acercarse a platicar con un grupo de ellas, pero de camino a ellas sintió que su máscara tenía una rasgadura del lado derecho, muy cerca de la boca. Caminó hacía una pequeña mesita y ahí dejó la copa con miedo y disimulo. Tocó su máscara, se percató que efectivamente estaba rasgada, y el pánico lo inundó. Salir a la calle con cualquier desperfecto en la máscara está penado, de hecho se necesita un permiso para poder salir de tu casa a la clínica de máscaras humanas.

Esa tarde en la fiesta se dio cuenta de que podía percibir cosas que antes no había percibido, cosas tanto de la gente que lo rodeaba como de sí mismo, pero todo quedó en eso. Pensó que al día siguiente lo primero que haría sería ir a la clínica para que le arreglaran la imperfección.

Por la noche llegó a su casa cansado y lo único que alcanzó a hacer fue meterse a la cama. Entró a su habitación, se quitó los zapatos, hizo a un lado el edredón y se acostó con la ropa puesta, apoyando su cabeza sobre los cojines decorativos. Su cuarto era amplio, de paredes blancas, el ventanal estaba cubierto de cortinas azules; al pie de la cama, del lado derecho, había un sillón azul; el piso era de madera clara y al techo lo decoraban unas vigas de madera del mismo color. Se quedó mirando el techo, y por primera vez experimentó tristeza y desconcierto. La rasgadura de la máscara le estaba permitiendo tener sensaciones que nunca había sentido. Por un momento pensó en prender la televisión para distanciarse a lo que estaba experimentando, pero, finalmente, se quedó dormido.

Despertó inquieto y perturbado, sentía que era otra persona. Se asustó en extremo, preguntándose obsesivamente qué era lo que le había sucedido. Se levantó de la cama y se dirigió al baño. Experimentó un impulso tremendo de quitarse la máscara; aunque eso estaba prohibido para todos, su impulso tenía más fuerza que la propia prohibición. A pesar del nerviosismo que estaba viviendo, tenía una necesidad imperiosa de verse, de reconocerse, de saber en realidad quién era.

Finalmente, con las manos temblorosas, logró quitarse la máscara y ver su rostro. Al mirarse en el espejo empezó a llorar con un agudo dolor en el pecho. Percibió una luz cegadora en sus ojos, estaba muy confundido, como si la realidad en la que siempre había vivido de pronto se hubiera fracturado, como si estuviera flotando en la nada, sostenido sólo de la incertidumbre. Su mente era un remolino de pensamientos contradictorios: tristeza, confusión, rabia, y la caída en cuenta de que todo lo que habría creído por años se le estaba desquebrajando.

De pronto logró concientizar que en realidad nunca había encajado en el mundo, aunque era más sencillo no verlo y caminar por el mismo sendero junto a los demás. Comenzó a experimentar una sensación de soledad abrumadora y un miedo profundo, pero, dentro de tanta desolación, también percibió que en su mente se abría una grieta por donde se asomaba una sensación de libertad: ahora tenía consciencia y su consciencia daba un nuevo sentido a todo. A pesar de eso, su llanto inconsolable continuó, para él había sido como un salto al vacío descubrir quién era realmente. La sensación de estar a punto de caerse lo invadió, se dirigió directo hacia el sillón de la habitación, se sentó, subió las piernas y se puso en posición fetal. Lloró y lloró sin consuelo.

Esa mañana sonó mi teléfono, era Diego. Éramos novios desde hacía tres años y estábamos planeando casarnos.

—Ana —me dijo con la voz quebrantada—. ¡Necesito que vengas a mi casa! ¡Por favor!

Me desconcertó escucharlo así.

—¿Qué pasa, Diego?, ¿por qué estás tan alterado?

Él insistió sin contestar a mis preguntas:

—Ven lo más pronto que puedas.

Tomé mi bolso y las llaves de mi camioneta, y muy confundida manejé hacia su casa. Al fin llegué, toqué el timbre y me abrió la puerta. No lo podía creer, casi me desmayo.

Diego ¡no traía puesta su máscara!

Me abrazó y afligidamente se puso a llorar. Era un llanto como de niño. Yo no sabía qué hacer, no entendía nada, me temblaban las piernas. Volteé hacia la calle para corroborar que nadie hubiera visto la escena y finalmente cerré la puerta.

Nos sentamos en el recibidor de la casa, era un lugar pequeño con un par de sillones blancos, un tapete gris y una mesita de madera a un costado de uno de los sillones. Una vez sentados, bajé la mirada como evitando ver su rostro y con mucho desconcierto le dije:

—Cálmate, Diego, por favor. ¡No entiendo nada de lo que te está pasando!

Sin poder casi pronunciar palabra, me respondió:

—Es que acabo de descubrir… la realidad.

—¿A qué te refieres con eso?

Y entonces empezó a hablar sin parar.

—Ana, desperté muy confundido, con la necesidad incontrolable de quitarme la máscara. Y lo hice, y entonces vi todo con claridad, se me vino la verdad encima, de golpe.

—Explícame. ¿Qué significa eso? —le pregunté.

Con una expresión de infinita tristeza, Diego me respondió:

—¿Te das cuenta de que vivimos en un mundo de falsedad? Lo único que nos permiten proyectar es una imagen de seguridad, de armonía y felicidad. Vamos y venimos haciendo lo que toca, lo que está aprobado y bien visto, sin cuestionar, sin reflexionar qué hay más allá de lo que se nos muestra—. Hice un intento por interrumpirlo, pero no me dejó, reanudó con desesperación, con una necesidad de sacar todo lo que estaba sintiendo—. Todos sentimos mucho dolor y aparentamos que no. La vulnerabilidad no gusta, pero hay que meternos al nubarrón oscuro, enfrentarlo, verlo y trabajarlo. La única manera de poder estar bien es precisamente viendo qué hay detrás del dolor. ¿Te imaginas la acumulación de podredumbre que llevamos dentro? Por eso tantas personas tienen enfermedades en nuestra comunidad, porque no nos permiten ver lo que realmente somos.

Esta vez subí mi tono de voz para lograr interrumpirlo. Lo cuestioné:

—¿Para qué quieres sentir dolor, si la máscara precisamente nos ahorra eso?

Diego, un tanto exasperado, me respondió:

—La máscara lo que nos provoca es una desconexión con lo que es humano. Lo natural es experimentar tristeza, dolor, incertidumbre. Las emociones son parte de la esencia humana y las necesitamos para nuestra evolución.

Lo volví a interrumpir, ahora con la voz quebrada.

—¿Por qué estás haciendo esto, Diego? ¡No sigas, por favor! ¡Ya no llores!

Me respondió, molesto:

—¿Me estás pidiendo que deje de llorar? ¿Te das cuenta de cómo, aquí, no existe una razón válida para el llanto? El llanto nos drena, nos limpia, pero entre nosotros por ninguna razón es justificable.

Una vez más le insistí que parara.

—Aquí vivimos todos muy bien, somos una comunidad en la que compartimos la vida sin problema. No puedo entender, ¡te estás ahogando en un vaso de agua!

Prosiguió:

—¿Dices que sin problema? Lo que sucede es que gran parte de lo que vivimos es falso, las conexiones auténticas con los demás se dan cuando mostramos quiénes somos en verdad. Poder hablar de los que sentimos no nos hace débiles, nos hace humanos. Al no ser así, se van creando día con día relaciones superficiales. Aparentemente no hay problema, pero, ¿sabes por qué? Porque todos vivimos con una aparente fortaleza y la fortaleza no estriba a esconder las emociones sino a aceptarlas y poderlas mostrar a los demás.

Estaba empezando a exasperarme.

—¡Pero qué necesidad tenemos de mostrar nuestra vulnerabilidad a los otros! La gente hace juicios y críticas; es mejor vivir sin exponernos.

Diego se me quedó viendo fijamente.

—¿Entonces somos esclavos de la opinión de los demás? Entiendo la función de las máscaras, pero ¡a qué precio! Matamos nuestra esencia para sentirnos aceptados. Vivimos en un mundo donde buscamos la aprobación fuera y no dentro de nosotros. No mostrar la vulnerabilidad nos evita experimentar empatía hacia los demás.

"La gente que critica y hace juicios de los demás es gente ignorante, insegura, que critica para intentar sentirse superior precisamente por su sentimiento de pequeñez. Lo importante es poder llegar a ver a la vulnerabilidad como una valentía y no como una falla".

No podía creer todo lo que estaba escuchando, me parecía un sinsentido, y me dieron ganas de salir corriendo. De hecho, me levanté del sillón, pero Diego me pidió que por favor me sentara y continuara escuchándolo. Me dijo:

—Si nos presentáramos ante los otros tal como somos, con nuestros dolores, sufrimientos, temores, tendríamos un contacto más profundo, más real y nos podríamos unir y no permitir tanto control.

"Nos borran la individualidad para ser todos iguales y que no demos problemas a la sociedad y al Estado. Después de todo, no por el hecho de usar máscara podemos olvidar que vivimos en un mundo dual, donde hay luces y sombras, y aquí las sombras las quieren anular, ¿y sabes por qué? Porque así nos pueden controlar más fácilmente.

"Después de todo, las emociones son poder".

—¡Diego! —exclamé—. Tenemos todo lo que queremos, vivimos con comodidades, somos personas exitosas.

Diego se puso de pie, dio unos pasos y me miró. Con una voz apagada y cansada, me dijo:

—Aquí el éxito consiste en tener la camioneta último modelo, el celular que está de moda, la casa hermosa, la ropa de marca, y sí, aquí tenemos todo eso, pero ¿a costa de qué? Si te das cuenta, todos vivimos con un sentimiento de carencia, aunque aparentemente tengamos *todo*, porque siempre queremos más: nunca estamos realmente satisfechos. Aquí el agotamiento es un signo de éxito. En realidad, no somos más que seres robotizados que no cuestionan nada. Estar bien en la vida no es tener cada vez más, por el contrario, es necesitar menos. Lo que quiere el Estado y la sociedad es que no tengamos consciencia de todo esto para que solo nos dediquemos a producir y a consumir y en realidad este juego lo que desencadena en nosotros es un gran vacío.

Lo que me estaba diciendo me parecía tan absurdo que, sin querer, empecé a hundirme en el sillón. Volví a experimentar la necesidad de desaparecer. Se suponía que este hombre sería mi futuro esposo, pero en vez de verlo a él estaba viendo a un hombre que desvariaba. Así que todavía insistí: quería hacerlo recapacitar.

—Diego, ¿tú sabes que podrías ser encarcelado si alguien escuchara todos los disparates que está diciendo? —Me respondió que sí. Entonces le pregunté—: ¿Y te das cuenta de eso?

—Precisamente la censura de la que somos víctimas estriba en no poder ser nosotros mismos; no hay mayor libertad para un ser humano en esta vida que poder ser uno mismo y defender su esencia.

Insistí, quería que notara las otras cosas que nos proporciona el Estado, y se me ocurrió hablarle de la gran tecnología que nos rodea, que nos facilita la vida. Diego volteó a verme como si hubiera dicho la peor tontería.

—Todos vivimos sobrecargados de información, el exceso de datos nos satura y nos dificulta la concentración, hace que el cerebro pierda eficiencia, todo esto nos impide profundizar y reflexionar sobre la vida real. El algoritmo, nos manipula y nos mantiene atascados en las mismas creencias, sin ni siquiera cuestionarnos qué hay más allá de eso, y no nos percatamos de que estamos encerrados en una burbuja, anestesiados, metidos en una especie de piloto automático, sin desafiar nada—. Prosiguió —: Nos entorpecen la poca creatividad que nos queda.

"Dependemos tanto de la tecnología que se nos olvida el contacto humano; cada vez está provocando más aislamiento social. Las redes sociales nos alejan más unos de otros, haciéndonos creer que la vida de los otros es mejor que la nuestra. Ahí solo se muestran vidas perfectas, sin defectos, igual que aquí en nuestra comunidad, pero las falsedades con las redes se amplifican aún más—. De pronto, me preguntó:

"Ana, ¿qué quieres tú de la vida?"

Me le quedé mirando sin saber qué responder. Le vi una pequeña expresión de satisfacción causada por la reacción ante su pregunta. Me dijo:

—Es que claro que no sabes lo que quieres, ¡yo tampoco! Me he reprimido por tanto tiempo que no tengo idea. Lo único que sí sé es que ya no quiero ser como todos ellos, estar encerrado dentro de una máscara, creyendo saber por qué hago lo que hago. Nos han hecho creer que no tenemos poder de elegir y en eso estriba precisamente uno de nuestros grandes poderes, en la elección.

Ese día terminé desgastada, confundida, y decepcionada. Finalmente, Diego se despidió, prometiéndome que no haría ninguna locura. Lo convencí de que se pusiera de nuevo la máscara y delante de mí se la puso. Eso me permitió irme más tranquila.

Llegué a mi casa totalmente desconcertada, estaba sumida en la confusión y tenía las ideas enmarañadas. Me quedé sentada como un autómata en el sillón de mi sala, tratando de digerir lo que acababa de suceder. Por un momento experimenté la necesidad de vivir lo que había sentido Diego, tomé mi máscara por abajo y poco a poco me la empecé a quitar. En eso, el sonido del teléfono me interrumpió: era mi vecina y me sugirió que prendiera el televisor en el canal local. Inmediatamente la prendí.

Los medios de comunicación tomaban las calles del centro de la ciudad, las cámaras enfocaban a un hombre. No lo podía creer, era Diego y ¡no tenía su máscara puesta!

Sentí la sangre bajar de golpe de mi cabeza a mis talones. Diego corría por las calles, gritando:

—¡Despierten, quítense las máscaras, seamos libres! —su expresión era de júbilo; gritaba una y otra vez lo mismo.

Al principio la reportera se escuchaba un tanto desconcertada con lo que estaba ocurriendo; aunque no era la primera vez que pasaba algo de esta índole, en realidad eran casos muy aislados los que se llegaban a dar. La policía empezó a llegar a pie y en patrullas, cada segundo llegaban más y más. La noche se convirtió en un espectáculo de sombras y luces, las patrullas tenían prendidas sus sirenas y adornaban los edificios de rojo y azul.

Diego no paraba de correr y tanto las cámaras como las patrullas lo aluzaban mientras él intentaba tapar con sus manos las luces intensas que se le reflejaban en la cara. Un policía con un altavoz le pidió que parara, pero Diego hizo caso omiso a la orden. La reportera comenzó a describir la escena como si estuviera hablando de un evento deportivo.

—Un hombre en el centro de la ciudad se niega a acatar las órdenes de la policía, se ha desplegado medidas para contener la situación...

Diego continuaba corriendo y gritando:

—¡Despierten, quítense las máscaras, seamos libres! —intentó salir dando vuelta en una esquina, pero varios policías le apuntaron con sus armas.

Uno de ellos le gritó:

—Alto —y al percatarse de que Diego seguía corriendo, las armas se unieron y el sonido de los disparos me estremeció.

Diego quedó postrado en el pavimento, sin vida.

Tras el suceso terrible del que había sido testigo, lo primero que hice fue terminar de quitarme la máscara:

la vida cobró otro sentido. Lloré inconsolablemente. En ese momento la consciencia, el dolor y la rabia se apoderaron de mí.

Pasaron varios meses y por fin llegó el día tan esperado, con la ayuda de otros, habíamos logrado convencer y reunir a centenares de personas. Antes de mí subieron varias oradoras para hablar en el estrado, hasta que finalmente tocó mi turno. Con un gran nerviosismo tomé el micrófono, mi voz en un principio se escuchaba temblorosa, pero la necesidad de exponer lo que sentía me ayudó a que mis palabras brotaran con fuerza y determinación. Exclamé:

—Diego no murió en vano, no murió por un error, murió por que se atrevió a sacar a luz la verdad. Hemos vivido dominados por un sistema que busca su beneficio a costa de nuestra libertad y autenticidad. Ha llegado la hora de reaccionar ante el control.

Escuché los gritos de la multitud.

Unos segundos después me quité la máscara y la tiré al piso. Tras de mí, un centenar de persona también lo hicieron, poco a poco fueron más los que quedaron con el rostro descubierto. Era evidente que algo había cambiado y ya no había marcha atrás.

SOBRE
LOS AUTORES

Camila del Águila nació en febrero, en el Estado de México, en el seno de una familia de músicos. Entre diplomados y cursos de arte, filosofía, cine y creación literaria, y un técnico en violín, también estudió Literatura Latinoamericana en la Universidad Ibero. Ha publicado textos en distintos medios digitales, fue parte de la exhibición "La vida entre latidos" de Miguel Milló, y ha participado en algunas antologías de cuentos cortos. Se dedica a la edición, a la traducción y a la escritura.

El **Dr. Roberto Arévalo Araujo MD, FACP (Renato Bettio)**, nació en El Salvador. Se graduó como médico y cirujano en la UNAM (1970) y completó su formación en Medicina Interna en Oakwood Hospital y CMDNJ. Luego se especializó en Hematología y Oncología Médica en CMDNJ. Está certificado en estas áreas y es *fellow* del Colegio Americano de Médicos. Fundó el Centro de Cáncer y Hematología en Florida y la Medical Mission of Mercy / Medical Mission International, que brinda atención gratuita en El Salvador. Su labor humanitaria fue reconocida por el congreso salvadoreño y una nominación al Premio Nobel de la Paz en 2002.

Miguel A. Castro Arguimbau nació, y actualmente vive, en la Ciudad de México. Tiene treinta y siete años, ha escrito para diferentes publicaciones en la industria de los videojuegos y de la cultura popular, como *Rolling Stone, Maxim* y *Playboy*. A lo largo de más de veinte años de carrera, ha escrito los programas de televisión *Atomix TV, Estilo DF!* y *La Teniente*. Ha participado como escritor de múltiples pilotos, proyectos de televisión, y como productor de contenido en *Shark Tank México* y *Todos Hasta la Cocina*. Miguel está terminando su primer libro infantil, que se dirige al mercado latino en Estados Unidos.

Rebeca Labastida es una escritora originaria de Querétaro, licenciada en comunicación con especialización en medios. Ha participado en segmentos de radio en colaboración con Radar 107.5 FM y Radio Anáhuac Qro., desempeñando roles de producción y locución. En ramas cinematográficas, ha presentado su trabajo en dos ediciones del 48 Hour Film Project. Ha colaborado con agencias de tecnología y diseño.

Actualmente es diseñadora en una casa editorial independiente y coordina el área de cine y televisión para la revista *Casi Cielo*. En este medio realiza coberturas y entrevistas en colaboración con MUBI, Ambulante, Universal Music y más, aunado a la escritura de textos como reportajes, crónicas y entrevistas.

Juan Manuel López Campos nació en Colima en 1963. Es Licenciado en Administración de Empresas, egresado del Tecnológico Regional de Colima, y cuenta con una Maestría en Administración por la Universidad Iberoamericana. Tiene más de treinta años de trayectoria como director comercial en la iniciativa privada, ha vivido y trabajado tanto en México como en el extranjero. Es autor de las novelas *Una ligera corriente de aire* y *El silencio del ahuehuete*.

Óscar Sánchez Félix es abogado de profesión, con una Maestría en Litigación Oral, especializado en materia electoral; es Doctor Honoris Causa por el Instituto Mexicano de Líderes de Excelencia; es escritor, compositor, poeta y dibujante; casado, con tres hijos; toca la guitarra y es amante de las plantas.

Cuenta con tres libros propios y su participación en una antología. Ha compuesto cientos de canciones y ha pintado diversos cuadros a la acuarela.

La autora **Carmen Suárez** nació en Guadalajara, Jalisco, y reside en la Ciudad de México. Es mamá de dos hijos y estudió la Licenciatura en Psicología antes de formarse como psicoanalista. Tiene un diplomado en problemas alimenticios y otro en tanatología; realizó una Maestría en Humanismo y Culturas.

Trabajó en la SEP, en el Centro de Apoyo Emocional, tratando problemáticas emocionales en niños. Desde que egresó de la formación psicoanalítica, su trabajo lo ha realizado en su consultorio particular. Es autora de *La agobiante carga de la culpa materna*, un libro que explora el sentimiento de culpa que genera el deber ser cultural que el sistema patriarcal impone en las madres.

Sobre nosotros

Desde 2007, Hola Publishing Internacional ha tenido la encomienda de publicar literatura de la más alta calidad, siempre viendo por sus autores para crear un producto de alta gama y una comunidad de escritores interconectados y en perpetuo crecimiento. Es dicho sentido de comunidad lo que ha traído el éxito para la editorial, pues su trabajo no termina con la publicación de un libro, termina con el triunfo de sus autores.

Síguenos en nuestras redes sociales:

HolaPublishingInternacional

Para saber más de
Hola Publishing Internacional visita

www.holapublishing.com